박카스 만세

박카스 만세

박강 시집

민음의 시 194

민음사

自序

까맣게 타들어 가는 눈빛들에
기대어 살았다.

묶어 놓고 보니 지난 십 년
삼십 대의 기록이 되었다.

타오르는 음들. 외침들. 무한히 반복되는 밤.

문학은 한 번은 반드시 인간에 대한 의견이다. (起林)

삼십 전후에 詩作은 습기에 젖고 사람은 황폐해 버려도 시인은
자기의 병을 모른다. (芝溶)

2013년 봄
박민규

차례

2부 역류하는 서식지

3부 인디공작단 해산식

4부 분실 판화집

작품 해설 / 조강석

1부

처음 만난 자유

펭귄

이제 밤이면 우리는
입술을 꾸욱 깨물어야 할지 모른다
혀끝은 소주로 타고
양손은 백기를 펄럭일 태세
자정이면 좀 급하니까
자정이면 눈 위에 서서
맨발로 걸어야 할 때가 다가오니까

손쓸 새 없이 날들은 지나간다
어떤 식의 공포가
어떤 유의 익살이 공원에 가득한지
곧 졸업이라고? 나라면
동물원의 자판기는 믿지 않을 거야
남은 동전에 깔깔대지 않을 거라구
우리랑 상관없이 내리는
눈, 눈, 저 눈을 넌 맛본 적 있어?

입이라도 잔뜩 벌리자
밤새워 우린 우걱우걱 눈을 삼켜야 해

눈사람처럼 머리만 자꾸 커가겠지
그만큼 속은
더 차가워질지 모르지만, 아 유 레디?

폭설

새로 손금 파고 싶은 날이었다
그해의 첫눈이 내리고 있었다
바지 입은 구름이 몰려와
잘린 귀두 포피 같은 눈을 떨어뜨린 날
내 언 손바닥의 빙판에는
붉은 트랙을 도는 러시아의 툰드라 바람
스케이트 날에 손이 유령처럼 파였다
철심으로 수명선을 더 그린 자들의 소식이 들려왔다
동결된 월급과 기한 연장의 은행들로
거리는 서점보다 한산했다, 비전타워 공사로
도로 폭은 자꾸 좁아지고
노변에는 주가 변동선처럼 굽은 등의 노파가
식은 붕어빵을 팔았다, 저 붕어들은
한 줌 예치금의 팥을 끌어안고 죽어갔을지 모른다
발톱 잃은 새들이 팥알을 얻으려 모여들었다
폭설에 시야가 묻히는 중이었다
나는 자라야 할 손금의 방향을 묻지 않았다
희미해진 손금처럼 부리 닳은 새들
쿡쿡 내 발등을 찍는 것이 느껴질 뿐이었다

우루사를 먹는 밤

생간 크기의 이국

　오래전 습자지처럼 당신은 북해의 빙하 아래 잠기곤 했을 것이다. 저인망을 피하는 괴수 네시의 표정으로 긴 목을 한껏 접고 노래했을지 모른다. 그때부터 당신은 내 몸의 가장 큰 영토를 차지해왔던 것이다. 소련의 붉은 광장 구석에서 당신은 올레뇨크 레나 아나바르 강들 같은 동맥 따라 흘러온 내 독성의 피를 해독하고 싶어 했다. 그런 당신을 나는 小蓮이라고 불렀다.

　　小蓮은 성장 멎은 아이처럼 작은 늪에서 살았네
　　내 혈관의 한쪽 벽을 잡고 그녀는 돌을 쌓네

데스옥시콜린산 100mg 효과

　Death : 치명적인 일이야. 먹다 버린 호밀빵처럼 내 간이 좁아들고 있어. 동료는 연일 과로와 폭음에 시달렸다네. 결국 우크라이나행 전출을 자원해야 했지. 소비에트의 물결치던 밀밭이 경화된 간처럼 뚝뚝 잘려나갔어. 그가 내 어깨를 툭 치며 울먹이네. 이봐, 당신 아직도 小蓮과 한가하게 고궁을 산책 중인가? 정신 차려. 에스토니아 라트비아 혹 당신이 묻힐 이역은 벨라루스의 황야가 될 수도 있다.

Oxy : 유성 꼬리를 불포화지방으로 닦는 밤. 나는 그녀를 밀폐용기 그것도 건냉암소에 보관하기로 한다. 이곳의 정체 모를 기류를 못 믿겠거든. 주의사항이야. 단지 이렇게 적혀 있었어. 파견직입니까. 당신의 유통기한은 이 년. *부작용은 외부포장을 참조하십시오.*

Calling : 그녀가 내게 전화했네. 이제 우린 어떻게 되는 걸까요?

벨로시랩터 철학

사냥은 계속 실패하였다. 기껏해야 우리는 거대한 초식 공룡의 발자국을 뒤쫓다 가는 것이다. 북쪽에서 천천히 들려오는 쿵쿵 소리. 흔들리기 시작한 대숲이 제 몸의 신열을 높여갔다. 진원을 알 수 없는 잿가루가 발톱처럼 먼 분화구에서 터지고 있었다. 처음이야 사냥은, 따라나선 한 친구의 발바닥은 지열에 벗겨졌고 그해 겨울 우리는 죽어버린 친구의 살을 뜯으며 이런 고기맛은 처음일 거야, 기운을 얻곤 했으나 겨우 낳은 알들은 봄이 되어도 부화하지 않았다. 동굴의 어둠에 어둠이 더해진 날. 날개를 접고 앉은 람포링쿠스의 부리가 밖에서 콱콱 외벽을 쪼아댄 날. 우리는 또 한 친구를 동굴 입구로 밀어내며 약간의 고기나마 남겨지길 바랐고 숲의 어딘가에서 들려오는 거대한 공룡의 발자국을 환청처럼 듣고 있었다. 들어봐 저 소리. 친구의 대답이 없었다. 들려와 저 소리? 아무 대답이 없었다. 등 뒤의 번뜩이는 눈빛. 우리란 없었음을 알게 된 순간이었다.

히스테리아 시베리아나

서쪽을 향해 걷고 있었다. 무작정 걷고 있었다. 뒤에 화석처럼 남겨진 발자국들. 며칠을 굶었는지 몰랐다. 뒤따라오던 안개가 단식 고행한 사제처럼 내 발자국을 먹어치우고 있었다. 안개의 뱃가죽이 점점 불룩해지고 입에선 달짝지근 피 냄새가 났다. 동행한 한 마리 개의 꼬리부터 사라진 직후, 처음 들어본 개의 비명, 짖을 수 있는 개였음을 그때 나는 알았다. 먼 산 뒤편에서 호기심 가득한 얼굴로 기지개 켜는 태양이 슥, 고개를 내밀었다. 모처럼의 사냥인 듯 태양의 뺨에 혈색이 돌 무렵, 손에는 칼을 쥐고 있었다. 무엇이라도 삼킬 태세로 팔을 휘두르며 떠오른 태양에게 농부들은 배웠을지 모른다, 낫질을, 곡식이 깡그리 베인 늦가을 벌판에서 계속되는 지겨운 낫질을, 제 살갗만 부끄럽게 드러낸 들판에 서 있던 어느 날. 머릿속에서 낫질을, 툭, 뇌신경의 낱알이 끊어지는 소리를 나는 들었다. 몸집 커진 태양이 어질어질 내 정수리 위를 넘어가고 있었다. 수증기도 빨아들일 태세로 바다를 향해 입맛을 다시며 진군하는 중이었다. 저 충동의 끝은 어디일까. 서쪽으로 내가 따라가게 된 이유일까. 함께한 안개가 아까부터 보이지 않는다. 잡혀먹힌 듯 안개의 시신이 조각조각 샛강에 흩어져 있다.

이상한 염색

아침이면 풀들은 태양의 질주를 피해 몸을 굽혔다. 몰아친 사막의 열풍으로 꽃들이 밤사이 죽어나갔다. 잡초들은 빗물을 끌어모아 성수처럼 제 몸에 끼얹곤 했으나 대속(代贖)은 하루를 가지 못했다. 굶주린 맹수의 눈빛이 종일 숲을 헤집었다. 한 자리씩 뽑혀나간 나무들에 가려 태양은 오늘도 보이지 않았다.

내겐 해바라기의 검은 씨앗이 필요했다.

당신의 약속을 믿어도 좋을까

물감 통을 들고 아버지가 사막에 나타났네. 이상한 일이지. 나는 철 지난 신문지 가운데를 찢어 목을 넣고 고분한 자세로 앉아 있네. 잘 칠해주세요, 아버지. 고사(枯死)한 나무 같은 새치를 본 그의 동공이 확대되네. 움직이거나 딴 짓 마라. 염료가 해직통보서처럼 이리저리 튄다구. 자, 조심, 이젠 너를 리모델링할 검은 물감 통이면 충분하단다.

믿어라, 강력한 모발보호 효과까지 약속하마!

계속 앉아 눈썹만 깜박대야 하나요

놀라워라, 아버지의 붓질은 구원을 주지 않아요

난 씨앗 쏙 빠진 해바라기 한 송이를 들고 있어요, 마네
킹처럼.

끈질기게 내 머리를 착색하시는군요

내 팔에서 뽑은 피를 꽃잎에 적셔서 말이에요

꽃잎이 하나씩 뜯겨 사라져가요

아직 촉촉한 머리가 견딜만하지만

어쩌죠? 당신의 산화제로 내 머리는 딱딱하게 굳어갈 테니

암모니아 냄새가 나는 거울

모처럼 비가 내린다. 두세 번 머리를 감는다. 씨앗들 쪼
아 먹은 까마귀떼가 국경 너머로 사라진다. 풀들은 멀어
진 태양을 더 이상 찾지 않는다. 나는 부러진 태양의 조각
을 모아 거울을 만든다. 이것 봐, 머리에 새겨진 어둠이 더
짙어졌잖아. 거울 속 내 얼굴을 난 알아볼 수 없다. 흡족한
표정으로 아버지가 장롱을 열어준다. 해바라기 수놓은 면
접용 넥타이가 축 늘어져 있다. 해답 없는 뫼비우스의 띠처
럼 그렇게.

이불 속의 마석난

— 성훈에게

오오, 돌진하자꾸나, 우리에겐 방패도 투석도 없어, 국경을 무너뜨리라는데, 무한한 전리품을 획득하라는데, 전사여, 달려보자꾸나, 상사의 심부름으로 무기처럼 커피를 들고

제발 가르쳐주세요, 적진은 어디에 있습니까, 보이지 않는 손이 정말 시장을 지배합니까, 발 닳도록 커피 나르며, 책상 밑 유령 같은 손으로 토익 책을 훔쳐보며, 세계는 넓고 할 일은 없습니까, 사막에 플랜트를 세우겠습니다, 제게 불가능은 없습니다, 뽑아만 주신다면

사무실 곳곳에 왈칵 쏟겠습니다, 저의 패기를, 열정을, 오오, 뜨거운 커피를, 상사의, 우우, 바지가 젖었습니다, 이제 집에서 눈물 젖은 사전을 베고 잠들어야 하나요

이불 뒤집어쓰고 사막을 펌프질하는 꿈, 탁 탁 타 타 탁, 원자잿값 상승에 맞춰 내 몸값 올릴 때까지, 이제 난 웅크린 자세로 누워 화석이 되렵니다, 내 성기에서 석유가 뿜어져 나올 때까지, 타 타 탁 탁 탁

서툴고 길게 말하는 것은 블루스의 조건*

구름의 입술이 둘둘 말린다, 우수수 떨어지는 낙엽처럼 사람들이 줄지어 몰려간다, 종로 **YBM** 영어학원의 분주한 입구, 회전문의 혀가 [l]에서 [r] 각도로 감기며 L 씨를 뱉어 낸다, 어리둥절한 프렌차이즈 식당들이 납작 엎드린다, 점심은 던킨 도너츠가 딱이야, 잡다한 양념이 없어 산뜻하지, 유년의 양 끝을 이어준 영사기 필름의, 21세기 폭스사의 글로벌라이제이션, 특히 지배적인 ……의 스펠링이 그는 기억나지 않는다, 전자사전을 검색하자 토익 빈출어휘 별 세 개가 나무 위로 둥실 떠오른다

CGV14 : L 씨는 여섯 편의 상영작 중 다섯 편을 외면할 수 있고, 남은 괴수영화 한 편을 건너뛸 수 있으며(리스닝 향상에 도움이 안 되므로), 두 명의 여자와 번갈아 데이트하고 싶다(옆 클래스 캐나다 반의 금발녀가 L 씨는 좋다). 마틸다, 곁에 있어줄래? 위드 미, 스크린쿼터를 지키자, 헐리웃 판치는 극장은 노우, 소규모 독립 영화관 고 고, 오케? 건너편 이 층 DVD 방의 검은 창문이 L 씨를 내려다본다, 오늘은 만국 공통어로 너랑 대화하고 싶어(끙끙.의 영어 표현이 그는 궁금하다). 낙엽은 만국의 색깔로 불긋하다

마틸다의 한국어 학습 : 구름의 턱이 덜그럭댄다, 미스터 엘, 나 어제 어학당에써 배웠써, **내이룰어엿비녀겨새로스믈여듧쭝룰밍ㄱ노니**…… 뭔 뜨신지 알쏭달쏭해찌만, 당씬에게 꼭 써먹고 시펏써, 난 당씬을 **어여삐** 여겨, 두 유 언더스텐? ……서툴고 느린 여자의 발성이 블루스처럼 귓전을 때린다, 구름의 아래턱이 쑥 빠진다, 얼얼한 L 씨는 자신의 정체가 혼란스럽다, 멋있다는 뜻일까 내가 불쌍하다는 것일까, 두 편의 DVD를 손에 든 L 씨는 이제 하나를 선택해야 한다

1. 이중생활 ── 당신을 홀리는 헐리웃 에로틱. 한글자막 사라진 건 요즘의 대세. 제목은 당신의 일상? ★★
2. 용가리 ── 콩글리시의 당신이라면 봐야 할 영화. 괴수처럼 종로 일대를 부수고 싶어질 것이다. ★★★★

* 수케닉의 소설 제목.

너와 나의 국토대장정

모든 길은 확정적으로 주어졌다
깃발은 19세기식 수염을 휘날리면서
뿜쁘쁘 트럼펫을 부는 구름의 입술들
귓전에서 따갑게 손뼉 치는 가로수 가지들
사흘째부터 우리는 서로 말을 잃었다
사흘째부터 취침 시간에는 어머니 사랑해
소감문에 적어야 할 명단만 늘어났다
잘했어 이제부터 너희는 빛나는 청춘이야
이마에 도장을 꽝꽝 찍으며
아침부터 태양은 머리 위에서 홍알거렸고

이력서 한 줄처럼
각자의 땅만 내려다보고 묵묵히 걸어간 동안

국지성

우리에게도 집중력은 있지만
우리에게 집중되지는 않았습니다
우리에게만 집중되길 바란 건 아니었으나
우리의 공부와 무관한 곳에서 대학 건물은 올라가고

초고층 주상복합을 보고 온
할아버지는 역시 고성장 시대야, 너만은 키가 커라
소년의 다리를 자꾸 잡아 늘였습니다
관절의 부드러움을 위해

아파? 괜찮아 얘야, 노동은 유연성이라더구나
발라봐, 발라봐, 오일이란다, 쇼크는 없단다, 할배는 머니
라 부른단다, 할머니를 줄여 그리 불렀단다, 투자하면 돌아
오잖아, 너도 장차 여자를 만날 때는

할아버지, 제가 돋보기로 놀길 바라셨나요
검은 종이를 태우는 건 재밌지만
선택과 집중으로 벌레를 태워 죽이긴 싫어요
죄송합니다, 지금도 저는 매미를 못 잡습니다, 무능합니다

저를 벌레 보듯 하는
공터에는 돋보기를 쓴 사람들이 늘어만 가고

하느님, 당신조차 이제는 시력이 나빠지셨습니까
골고루 비를 나누소서
당신이 든 태양은 돋보기처럼 말이 없다가
한쪽에선 폭염이.
한쪽에선 폭우가.

아랫목의 순례자들

　배꼽 밑이 달아올라요, 윗목은 뒹굴뒹굴 형의 차지, 커서 훌륭한 인물이 되라고 엄마는 말했어요, 팬티가 지겨워 팬티가, 엄마, 창밖에 눈 내리는데, 무말랭이가 보아뱀 허물처럼 널려 있는데, 크면 꼭 빤스 입은 슈퍼맨이 돼야 하나요, 세상의 꼭대기에서만 날아다녀야 하나요, 벽에 붙은 할머니 똥을 떼듯 엄마가 복권을 박박 긁어요, 이건 애야, 마법의 사다리야, 사다리 위는 대박, 아래는 지옥, 쉬운 이치지? 이치는 처음 듣는 말, 외우려고 이 이 이 난 사타구니가 긁고 싶어졌고, 치 치 기차놀이 꿈꾸는 형이 침을 뱉어요, 거짓말, 천국은 차가워, 고 투 헬 고 투 헬, 주워들은 단어를 중얼대며 형이 아랫목을 노려요, 이리 오렴 얘들아, 할머니가 마녀할멈처럼 킬킬대요, 엄마, 따스한 불가마는 정말 지옥에 있나요, 나도 할머니의 대를 이어 아랫목에 내려가 살게 되나요

절차탁마 발기만성

아버지, 저 딱지 치던 시절에 위인 전집은 왜 사주신 건가요. 왜 좋아하는 새우깡보단 자꾸 고래밥을 먹이려 하셨던가요. 이제 당신 손주에게 고래밥은 그만. 제 자식에게 저는 고래밥을 사주지 않습니다. 어차피 우리 새우처럼 될 운명이라면, 아들아 너만은 짭짤하게 살거라 말해줄까 합니다. 우리 곁에 아들아 이제 고래는 나타나지 않아. 고래가 뿌우뿌우 물을 뿜는다는 멀지 않은 오호츠크 해에도 아빠는 갈 수 없구나. 고래 잡으러 가자 고래 잡으러 가자, 네 할아버지가 아빠를 데리고 병원에 간 날. 고추를 붙잡고 아빠는 데굴거렸고 링컨을 읽으면서 참는 법을 익혔단다. 그렇게 고래 잡고 어른이 되었단다. 링컨 콘티넨털을 탄 사장 아저씨에게 넙죽 절하는 아버지를 보며 나도 링컨처럼 돼야지 절차탁마했단다. 못 믿겠지만 아빠의 성적은 늘 아이 앰 에이였다가 어느 해 한 번 아이엠에프를 맞았을 뿐이란다. 소주병을 비우다 새우깡을 네게 좀 나눠준 것뿐이란다. 그러니 미안하구나 아들아, 네 동생은 세상에 나올 수가 없었구나. 아빠의 고추는 새우깡, 아빠의 고추는 언제부턴가 굽은 상태가 되었구나.

박 대리는 어디에

삼거리약국 유리문에 파리가 붙어 떨고 있다
고무줄로 묶은 전표 다발처럼
신신파스 냄새를 돌돌 말아 뱉는 에어컨 앞
말일이면 한 번 찾아오는
박 대리가 다가와 배시시 인사한다
황 약사의 구겨진 눈꼬리가 바둑판에 꽂힌다
깨진 알을 만지작대며 불계승 위치를 계산 중이다
출시된 신약이라며 박 씨는
발기부전제 카탈로그를 슬쩍 들이민다
복날 먹은 보신탕을 선전하듯
생수통을 번쩍 들어 갈아준다, 땀을 닦는다
장부의 빨간 사선처럼 날이 선
종이컵을 벌려 정수기 꼭지에 끼워 넣는다
잠잠했던 물이 새 나오며
통 안은 초조한 마음처럼 기포로 쿨렁댄다
약사의 절벽 같던 하얀 등이 계산대로 돌아앉는다
바둑판 흑집은 견고한 성으로 둘러쳐져 있다
거래장을 꺼낸다, 배너 광고판엔 그간 판
제품들이 거북 눈처럼 끔벅끔벅 점멸하며 지나간다

약사가 만기어음을 끊는 동안
그는 위층 속편한내과의 처방전을 훔쳐본다, 한 달 새
진통제는 타이레놀 혈압제는 노바스크로 바뀌었다
뒤에서 결제를 기다리는
다국적 제약사 직원의 가방은 선물로 두툼하다
박 씨가 받은 골판지 박스엔
반품 처리된 약들이 빼곡하게 쌓여 있다

휴대폰 전원 끄고 옷 벗는다
헐린 위벽 같은
타일 뜯긴 사우나탕에 몸 담그고 앉는다
욕조 수면이 그의 목을 가른다
화난 상사의 콧김처럼 열탕 거품이 부글대고 있다

크레딧

넣을 수 있으나
뺄 수도 없는 거래소 앞에서 등산복 차림의 사람들은
종일 텐트를 쳤다
창구 직원은 고장 난 지퍼처럼 움직이지 않았다
오후의 긴 그림자가 저축형 펀드의 원금만큼 사라져간 동안
죽기보다 싫은 건 글쓰기 수업이었어
계산기를 두드리던 창구 뒤의 선배가
손톱을 다듬고 있었다

한잔할까?
실거래가만큼 뻥 튀겨진 보름달이야
선배는 추석 귀향길의 선물이 귀찮아졌고
몇십 년 만에 올 거라는 개기월식이 나는 두려웠다
걱정 마, 달은 절대 붕괴하지 않아
꼭꼭 숨은 달의 둘레는
밤하늘의 거대한 금반지로 변하는 법이지
암스트롱은 달에 투자한 최초의 위대한 인물
치솟는 금값과 달리
우리의 취기는 약보합세로 계속되었다

밤새 폭탄주를 돌리는 사람들의 입에선 버블 버블 버블
버블버블
거품 냄새가 났다

거품처럼 늘어나는 학자금 이자 생각에
무디스 취업은 한때의 꿈이었다고
일어나니 신불자처럼 자꾸 머리가 아팠다
내게도 달의 크레딧을 슬슬 가려주는 지구처럼 거대한
보증인이 있을까
타인의 신용보다 아이의 점수를 관리하는
아르바이트라도 하다니 다행인 계절

골드만 삭스를 골드만 섹스로 발음하며
킬킬대는 아이에게
닥치고 감자칩이나 먹으라고 말해주었다
그런데 블루칩은 뭐예요? 얘야 그건
네가 막 먹다 버린 꼬깔콘의 변종적 DNA
돌아오는 가을은 언제나 너의 세 번째 방학이 될 거라고
말해주고 싶었다

건기

감자 자루를 머리에 인
누이의 휘어버린 등과
주말이면 종을 쳐대며 나타나는 기상예보관의
확성기 그 고집과 심술을

밤이면 몰래 헛간에 모여
후렴을 따라 부를 때면 그래도
우리의 까칠한 피부는 축축하지 않았다

피부염에 걸린 아이가
도돌이표 북북 그으며 종이를 찢은 날
그 밤하늘에 천둥의 음성이 울려 퍼지길 누가 고대한 것
일까
전신줄에 불꽃이 인 건 아마 지난 세기 일
전봇대는 달팽이관을 잃은 채
술에 취해 서로를 끌어안은 연도불명의 사진을 이마에
붙이고
휘청거렸다 그건
죽은 자의 무덤을 한 줌씩 파헤치는 일

우리는 주말의 개수를 하나둘 지워야 했다
일력의 마지막 장을 넘기기까지
노래할 날이 며칠이나 남았냐고 누이는 묻고 있었다
자전거 바퀴가 헛돌던 무렵
그건 우리의 발목뼈가 양서류의 꽈리처럼 일 밀리씩
혁명으로 부풀던 우기에서야 가능했던 것

동화에서 봤을법한 그건
마지막 장대비가 올 거라던 우리의 신호

2부

역류하는 서식지

카운트다운

처음이었어. 이상한 새벽. 등 돌린 자의 숨소리. 06시 15분의 훼미리마트. 핫바를 먹었어. 처음 맛봐 당신. 지겨워. 거리를 정면응시 중이야. from 메탈리카 to 랜디의 하드록 기타. 앨범을 모은 건. 미치도록 손톱 깎은 건. 이국자의 감정이야. 잦은 이사야. 젖은 이사야. 맑은 날은 올까. 망명지가 보고 싶어. 페레스트로이카. 망치를 들어 땅, 땅, 땅, 이제부터 겨울입니다. 협객이 굶습니다. 흐물흐물한 유리창. 붕어의 숨통을 쥔 자에게. 한나절 울어도 수수방관입니다. 새떼는 정오의 거리를 향해 날고. 봉지들은 자꾸 부풀고. 누구에겐가 우우, 어쩌면 이건 소멸로의 초읽기.

개원

첫날부터 화장실 문은 닫히지 않았다. 내 옆에 서서 수술 집도의가 소변을 갈기고 있었다. 해부학 원서를 겨드랑이에 낀 채 내 성기를 훔쳐보았다. 페이지 한쪽이 접혀 있었다. 잔뜩 부푼 애드벌룬이 라운지 천장에 가로막혀 낄낄거렸다. 축포처럼 색종이가 터지고 직원들은 분주히 지하 어딘가로 사인불명의 시신을 실어 날랐으나 끝내 가족은 나타나지 않았다. 로비 벽면에는 아동학대 사진이 전시되었고 그날 소아과의 한 아이는 임상병리과로 이송되었다. 나는 간이분수대에서 목을 축이며 수술 차례를 기다렸으나 간호사는 내 입을 막고 안경알에 성조기의 별을 그려 넣었다. 조류독감에 걸린 닭의 피가 원내 예배당을 물들인 날. 신성모독자로 간호사는 나를 나는 병원장을 지목했다. 이튿날 병동 입구에 방독면을 쓴 경찰이 배치되었다. 헬리콥터가 상공에서 감찰을 벌이는 동안 시체실에 숨어 나는 지내야 했다. 내 팔에 문신을 새기며 가끔씩 경련하는 시신들을 닦아야 했다.

위생의 제국

페스트의 계절 : 압록강이 얼었다. 긴급조치를 발포한다. 도강하는 난민을 검역하라. 가가호호 우물을 폐쇄하라. 토막민에게 검진록을, 행상은 좌판을 철수하라. 전염 방지를 위해 모든 집회는 원천 불허. 보이지 않는 적은 뒷간에 전차에 광장에 있다. 셋 이상 다니지 말 것. 의심되는 자 가족과 격리하라. 아녀자의 내방은 세균의 온상지. 불시에 들이닥쳐 색출하라. 순검에 반항하는 자

　체포하라, 경무국 위생과의 이름으로
　신종 박테리아의 박멸을 위해
　반도 신민의 건강을 위해
　산뜻해진 근대 경성의 거리가 불편한가? 닥치고 公安.

시인의 편지 : 어머니, 저는 손톱 까만 당신의 아들입니다. 손톱 기르며 병든 수캐마냥 스물세 해를 헐떡헐떡 떠돌았습니다. 그런 저의 낭만적 방랑이 부랑입니까. 풍운이 아니라 노숙입니까. 제 몸속 보균이 저의 여로를 따라 도처에 전파됐다네요. 요즘은 골목에서 몰래 오줌 눕니다. 저의 신체에 각인된 신종 습관입니다. 감시를 피해 안 보이게. 쭈

41

그리고 앉아서.

市民에서 民衆에서
이제 나는 庶民이 되어 외친다.
— 오염된 문명. 벗어날래요. 오지탐험을 위해 나는 적금
을 붓습니다.
— 구멍가게 청년은 찌질해요. 쌍팔년도식 파리가 날려
요. 더럽습니다. 그 몸으로 결혼 가능할까요. 화장터 건립
결사반대. 재건축을 기대합니다. SSM 입주를 환영합니다.
먼지 없이 빛나는 진열대가 보고 싶어요.
나는 분열되었다.

사스의 계절 : 해외투자자 여러분께 고합니다. 우리 공항
은 세계에서 가장 깨끗합니다. 겁먹지 마세요. 도심에는 맑
은 개천이 흘러요. 하늘은 파랗게 구름은 하얗게 실바람도
불어와 투자하러 오세요. 뭐가 문젭니까. 아, 여러분 나라
엔 뭔 절차가 그리 필요합니까. 그 시간에 악성 바이러스가
전파됩니다. 효율이 없어요. 가축은 깡그리 폐사시키면 되
잖습니까. 화끈하게 시군 전체에 폴리스 라인을 둘러칩시

다. 모두들 결과주의에 승복합니다. 사스든 조류독감이든 발붙인 적 없거든요. 전염 위험인자는 철저히 조기추적 처단합니다. 노조가 문제라구요? 아, 사내 전산망에도 도입하면 되잖습니까.

쇄빙

당신의 피부는 차갑습니다. 하얗고 깨끗합니다. 측량 불가능한 알래스카의 설원을 닮았습니다. 마사이 워킹 슈즈의 밑창 같은 곡선으로 둥글게 둥글게 짝짝 내 몸을 감으며 부숴온 당신

감미로워요, 甘味 甘美……

오늘 당신은 내 몸 밟으며 구석구석 쇠를 박습니다. 아프지만 흥분됩니다. 무너지는 국경의 환상. 얼음으로도 화폐를 만들 수 있다니요. 놀란 북극 빙하가 둥둥 떠내려와 춤춥니다. 당신을 영접하려고 태우려고

무너뜨려라, 당신의 슬로건입니다. 들이대라, 미안하지만 내겐 빠져나갈 구멍이 없습니다. 십 년 후쯤 뇌송송 구멍탁한 눈길로 멍하니 당신 앞에 팍 고꾸라질지 모릅니다. 죽여주세요, 제가 좌파라구요? 우파라구요?

이곳 설국의 국경을 지우는 건 구름뿐입니다. 당신은 구름을 타고 나타난 돌고래, 곰, 물개, 아니 서광처럼 구름 아

래 드리워진 당신 얼굴이 궁금해졌습니다. 관상이 보고 싶어요. 당신의 미래가 궁금합니다.

풍툼 씨의 사진관
— 바르트에게

잠수복을 입은 그가
슬로모션으로 한쪽 손을 들어 올렸다
당신은 희귀 변색동물입니다
여기를 보세요, 하나 둘……
조명등이 확 켜지고

갓 식사를 마친
대왕오징어의 입가에
어색한 미소가 잠시 흘렀다
겨우 살아난 물고기들이 카메라 전선의 난류를 따라 산
란하러 떠난 뒤

열 개의 다리를 우아하게 접는 시간
열 개의 다리에
훈장처럼 달린 무수한 빨판들

햇살은 해초처럼 흐느적
감광판에 달라붙어 춤추고
이제 햇살을 당신에게 쏘겠습니다, 자 크게 웃어주세요

오징어가 힘주어 웃으며
프흡 프흡 먹물을 쏟아낸 사이

그런데 어쩌죠? 실은 현상된 것이 없습니다
인화지가 먹물을 뒤집어썼군요
어둠뿐인…… 하지만 잘 들여다보세요
풍툼 씨가 작살을 날렸거든요
사진에 튄 피 한 방울이
오징어의 숨겨온 삶을 말해줍니다
풍툼 씨 사진의 따라 할 수 없는 비법입니다

스콜성

市長이 市場을 방문하는 일처럼
급하게 비가 내립니다
사악사악 칼 가는 소리를 내며
혈청처럼 끈적한 비가 내립니다

오후 내내 침대에 붙은 청년의 자세로
살아남은 매미들은 다행입니다만
짝짓기 울음이 언제 또 사라지게 될지 알 수 없는 우기

우리의 연애는 가능합니까
우리의 보금자리는 정말 찾아옵니까

기상 캐스터처럼 나도 실시간 보도는 합니다
그가 적어준 몇 자의 글씨로 배꼽부터 차오르는 고기압과
찬 기류의 이성이 만나는 목젖
후드득 쏟아지는 말들을 기록할 수 있습니다
하지만 그가 무슨 말을 할지란 예측하기 어려운 일

최초의 빗방울이 떨어집니다

市長이 市場을 황급히 빠져 달아납니다
과연 그에게 예보 능력이 있다 해도 좋을까요
비는 점점 거세지고
자꾸 우리의 얼굴이 따가워지는 이유
괜찮아 잠깐만 고개 숙이지 뭐 이건
스치듯 하는 우리의 아열대식 목례일 뿐이니까요

다시 오지 마세요

부지깽이 소설 클럽

누군가 엉덩이를 툭 치고
누군가 귀에 바람을 불어 넣고
벽에 붙어 당신은 후끈댔어
벽을 쿵쿵 쳐대며
불꽃처럼 당신은 아무 곳으로나 흩어졌다

영혼을 들쑤신 자 누구니
구식 사이키 조명에 따라
비보이의 엉키는 스텝에 따라
드라이아이스 연기에 갇혀버린 지 오래
누가 단속이라고 외치면
모두 덜덜 얼어붙는 순간
당신은 혼자 잘 타는 숯덩이
당신 손목을 잡고 이리저리 테이블로 운반해줄게

— 다 같은 놈들인가요
신선한 이분을 찍어주세요, 부킹!

자정이 되면 당신의 주사는 시작된다

기호 1번 2번 또 몇 번을 달고
무대에 올라 당신은 고래고래 소리치지
사람들은 얼씨구나 춤추고
나는 먹다 버린 과일의
표면만 살짝 깎아 공약처럼 새 안주로 내놓고

자, 거짓말 같은 밤의 쇼가 끝나갑니다
집으로 돌아들 가세요
우리도 내일 장사를 준비해야지요
새벽에 야시장에서 사과 박스가 온답니다
안에 든 게 뭐냐구요? 제대로 안주를 달라구요?
어이, 고릴라, 부지깽이 들고
이 손님 좀 저 끝 방으로 모시고 가!

바이킹

오래전 한 척의 배가
뭍으로 건져졌다 작업반원들은
살아남은 선원들의 신원도 국적도 파악하지 않았다
해상을 강타한 태풍의 눈에 숨어
밀입국 중인 동남아 괴선박이었다고 긴급 뉴스는 타전되
었다

외곽공원 한구석에 배는 결박되었다
볕을 받으며 쩍쩍 갈라지는 외벽의 틈 사이로
성난 짐승의 털처럼
노들이 튀어나와 땅바닥을 철떡철떡 쳐대곤 했다
곧 틈마다 대못이 박히고 안전지지대가 꽂히고
노약자와 임산부의 접근불가 표시대가 설치되었다
빛바랜 해골 깃발이 굶주린 듯 앙상하게 펄럭였다
아이들만 신기하단 표정으로 손가락질하며
공중에 불쑥 들어 올려진 배의 부끄러운 밑바닥을 낄낄
쳐다볼 뿐이었다

밤이면 선미의 경광등이

구조 요청을 내내 울렸으나 소리는 들리지 않았다

얼마 후 진상규명회가 열리고

참가객들이 티켓 부스에 긴 줄로 늘어선 사이

검은 붕대로 눈 가려진

선장인 듯한 사내가 입간판처럼 배 옆에 세워졌다

후크다 내가 후크다 입력된 말을 그는 앵무새처럼 되뇌었다

아랑곳없이 사람들은 희희낙락 셔터를 눌러댔다

배에 오른 용감한 자들도 있었지만

일체의 질문 없이 곧 눈을 질끈 감아버릴 뿐이었다

누아르에 대한 짤막한 질문

어금니에서 사랑니 쪽으로 질겅질겅
이쑤시개 씹으며 그는 선착장을 배회 중일 것이다
뒷골목에서 마주쳤다는 목격자의 증언은
어두운 데서 색안경 끼는 그의 인상착의에 부합하므로
믿을만하다 불붙인 지폐 다발로 담배를 태우거나
십이 연발 콜트에서 쏟아진 총알 따위 거짓 같지만
신풍 헥사 나이트 즐비한 주안역에서
주윤발이니 백장미니 명함 돌리는 자들은 짝퉁이다 그들의
외투엔 구멍이 없다 패배가 없다 비수가 없으므로
학창 시절 삥 뜯거나 면도칼 씹거나
교정 화단에 대마 심던 불한당들을 상대로 나는
뜻 모를 정의를 불태웠다 방은 그의 사진으로 도배됐고
밤이면 모형 총을 들고 시가전을 연습했다
기회는 오지 않았다 대학 때 따라나선 가투에선
무서워 돌 한번 던지지 못했다 비디오 가게로 도망쳐
영웅본색 쓰리를 빌려 나왔다 위장이었다 신 나게 나 혼자
잡혀가지 않았다 집에서 비비탄을 닦으며 히죽히죽

영화를 즐겼다 변함없이 그는 쌍권총으로 적들을 무찔렀고

몇 년 뒤 홀연 아메리카로 떠났다 배신이었다 사기였다

킬러 정신의 변절이라며 나는 그를 매도했다 그의 라이플은

얼음처럼 식어갔고 탄창엔 켜켜이 먼지가 장전되었다

비겁하게 사라진 영웅은 잊으리라 그랬던 그가

소문에 따르면 며칠 전 인천 공항에 입국한 모양이다

사진을 꺼내 보이며 누굴 찾아다닌 모양이다

어제는 인근 야시장에서 이태리제 나이프가 팔려나갔다

바바리 걸친 사내라면 그뿐이다 방금 맞은편 아파트

옥상 물탱크에서 옷깃이 펄럭였다 한 줄기 반사광이 번뜩인다

(날 겨누는 신호일까? 곧 저격탄 한 발이 날아오려나?)

쨍하고 해 뜰 날

마마 저 구청에 좀 다녀올게요 왜 그러니 애야 청사 문이 봉쇄됐어 동지들은 떠나고 없단다 저항전을 펴기에 이젠 좁은 광장일 뿐이야 놈들이 제 책을 찢으러 다가와요 마마 구청에 가야 해요 발자국 소리가 들리지 않나요 테이프라도 감아 서랍에 숨겨두렴 GPS가 탐지 못하는 지하창고 바닥에 금서 따윈 파묻고 잊으려무나 새로 쓸 생각은 버려라 적어도 굶주림은 면할 테니 마마 당신은 누구 편인가요 구청 계단이 불타기 시작했어요 보세요 해 뜬 지가 오래예요 팔짱만 끼지 말고 마마 저와 오늘 구청에 함께 가요 아들아 널 가로막는 자 내가 아니란다 한동안 창고에 숨어 지내렴 추우면 스토브에 겉장을 뜯어 넣고 곁불 쬐면서 참는 법을 익히거라 마마 구청에 가면 무기를 파는데 암거래상이 해적판 시집을 나눠주는데 마마 옛날의 구청이 아니에요 두 시부터 나체 시위도 열리구요 상상만 해도 아 짜릿, 제 물건이 커져버렸어요 히히, 가서 더 커다란 세상을 만들고 싶다구요 애야 널 믿을 수 없구나 네 환상엔 피가 없구나 그 옛날 놈들로부터 구청을 사수한 네 아비와 당원들을 기억하거라 정 가겠다면 광장에서 묵은 피 냄새라도 맡고 오너라

마마 저 오늘 나가면 돌아오지 않아요 마마는 당신은 혁명은 안 되고 저더러 방만 바꾸라는군요*

* 김수영 시 「그 방을 생각하며」.

오도독 누룽지

물이야 적든 많이 붓든
그건 어디까지나 당신들 마음대로
겠지만
어느 날은 까끌까끌한 밥
저녁이면 물러터진 밥
당신들에게 어찌 되든 결과야 무슨 상관이겠어
델듯한 우리의 열기는
서서히 뜸 들이며
미뤄만 가는
당신들의 하품과 함께 식어갈지 모르지
제발 숨 좀 쉬자구!
칫, 칫, 치잇 솟구치는
돌솥 같은 우리의 허파를 당신들은 잊어버렸다
분수처럼 창공을 향해
납빛 아우성으로 몰아친 우기의 빗방울
어지러운 머리를 무겁게
짓눌러버린
석관 뚜껑을 온몸으로 밀어 올렸던 우리의
거친 발바닥들

대체 그때 무얼 하고 있었지 당신들?

— 겁낼 필요 없습니다

다 된 밥이니 열어 보아요

하얀 이불 덮은 아이의 뽀송한 얼굴

후아후아 서민은 잠들어 있기 마련이지요

그렇게 당신들의 성찬은 계속되었다

우리에게서 뽑아낸

피 묻은 이빨들은 이 공기 저 공기에 나누어 담겨졌다

매일 당신들 맞은편의

당신들과

젓가락 쨍강쨍강 부딪치는 소리

우리는 회전용 식탁의 장부에서 빠르게 지워져갔다

살아남은 몇몇은

불씨를 중얼대는 자세로 납작

바닥에 엎드려

갈색 잉크의 유서를 휘갈겼고

서로 들붙어 시체처럼 딱딱하게 굳어가는 밤

포만의 배를 만지며

밑바닥 마음이 좀 궁금해지셨나요?

이리저리 벅벅 긁어대는 그대들의 주걱질
또 한 번 우리는
당신들 입속에 먹혀 들어가곤 하지
입속에서 우리야말로
뽀드득 우드득 소리를 낼 수가 있지

봄날은 간다

날씨 좋은 날에 우리는 날씨를 탓하는 욕망을 가졌습니다 빵 봉지 속에선 겨울잠 자던 곰팡이가 깨어나고 변성하는 목소리로 꽃봉오리가 마른기침을 뱉던 날들 부화를 꿈꾼 새들에게 우리는 어쩌면 변덕스런 봄기운이 몰아닥칠 거라고 공복 시의 몇몇 생존법을 적어두었습니다 붉은 새들의 동공에 봄 아지랑이가 어지럽게 피어오릅니다 먼저 강바닥이 마르면 한결 벌레들을 잡아먹기가 쉬워지겠지요 그건 긍정의 힘입니다 라고 애꾸눈의 선생이 외쳤지만 우리는 우리의 남은 한쪽 눈을 찌를 수 있는 신화 속 왕을 추대하며 긴긴 겨울밤을 버텼습니다 여차하면 우리는 맹인이 될 수 있고 쩍쩍 갈라진 강바닥을 지팡이 없이 기고 건너며 날씨를 탓하는 욕망을 노래할지 모릅니다 손 하나를 잘라서 광장에 걸어두고 남은 손으로 짧아지는 밤마다 자위를 할 수도 있습니다 위독한 자들은 아침저녁으로 속옷을 갈아입고 아무것도 적히지 않은 명함을 파종하듯 뿌려댑니다 잡초가 자랍니다 제초제 실은 비행기가 시동을 겁니다 그걸 모르지 않지만 우리도 눈에는 눈의 심정으로 두 눈을 감고 나무뿌리가 자라나는 방향을 손금에 새길 수 있습니다 손에 못을 뚫을 수도 있습니다 그렇게 사월이 가

고 오월이 오면 실개천에 우리의 피를 먹고 자란 철쭉이 피
어나겠지요 그렇게 봄날은 갑니다

렉터 박사의 처방전*

급성 신부전이니
늪지대 달빛으로 엑스레이 찍을 것
날숨마다 거미줄 대어 호흡을 확인할 것
필요하다면 갈대 이어 엮고
끝에는 운석을 매달아
위와 쓸개 구석까지 넣어 내시경 할 것
운석이 꾸물꾸물
메마른 위벽을 횡단하는 고통
갈대가 그의 속 어둠을 헤집으며 찌를지라도
그는 통증 모르리, 수술대에서 눈알 굴리며
전신마취로 실없이 웃고 있을 뿐
주술처럼 경쟁 경쟁 되뇌어야 했던 입
풍겨 나올 구취부터 조심하여 벌릴 것
식도에 전이된 암세포 있으리니
폐를 살필 것, 똬리에 똬리 튼 마천루의 분진과
피로로 반쯤 오그라든 그의 간을 꺼내 볼 것
먼 옛날 심장엔 사랑의 박동 꺼져
동맥 벅차 부푼 적도 없을 것인데
지금 혈관을 역류하며 차오르는 병

몸 가득 오물로 넘실대는 병
공복의 창자를 모래언덕 넘듯 지나면
폐허 끝에 솟은 비대하고 딱딱한 신장이 보이리
찌꺼기마저 움켜쥔 채
세상에 내주지 않으려는 그 덩어리를

절개할 것.

* 한니발 렉터. 영화 「양들의 침묵」의 주인공.

고물 드럼을 꺼내다

오랜만입니다, 당신

둥글고 펑퍼짐한 얼굴이었군요 코의 얽은 자국도 늘었어
요 물어봐도 아무 말이 없는 이유, 왜죠? 에나멜 칠 벗겨진
표정만 멀뚱히 짓고 있는 이유

무대 뒤로 물러나, 당신

녹슨 지팡이에 의지해 서 있곤 했지요

천식 탓이었나요 가끔 삐끔대는 입에서 췄췄 심벌즈 스
치는 쇳소리가 샜던 이유

못 본 사이, 당신

가건물 창고에서 겨울을 지내왔나 봅니다 비닐 가죽 한
장 빳빳이 당겨 몸을 덮고 있습니다 닮은꼴의 크고 작은
아이들과 붙어서 추위를 녹여온 한 세트의 자세로

통통대며 늘 신 나던 아이는 어떤가요

오늘은 왜 이리 조용한가요

상의를 벗깁니다

속이 보일 듯 뱃가죽은 희고 투명합니다

심장은 주문된 박자에 맞춰 쉼 없이 뛰어왔으나
당신 입은 좀체 화성(和聲)을 내보질 못했어요 단타, 연
타, 얻어맞으며 둔탁한 신음 소리로 버텨온 날들

이제 쓸모없이 버려져, 당신
체온은 서늘하고 맥박은 꺼져 있습니다

급히 두 개의 전압 스틱을 꺼내 손에 꼭 쥐어봅니다
철대로 침상을 조립하고
당신의 몸을 가만히 감싸서 엎어봅니다

박공지붕 복원건축공법

강풍 맞은 숲의 입술이 한쪽으로 쏠린 뒤였다
가망 없다며 사람들이 떠나간 숲
달력 낱장 같은 잎들이
우물 입구를 막았고
나무들은 화형대의 주검처럼 쓰러져
등을 맞대며 얕은 호흡으로 경련 중이었다

핏줄 모양의 뿌리 틈에 자리 잡는다
반대편 하늘에선 산 자들의 축포가
이곳 땅을 여진으로 더 갈라지게 했다
입 벌린 흙의 하악을 잡고 메스 대듯 열어젖혀
네 개의 기둥을 세워보기로 한다
기둥에 불 지피자 숲의 내장이 환해졌다
놀란 까마귀떼가 날아가고 숲이 꿈틀대기 시작한다
대기실의 가족을 향하듯 우물이 가로누워 붉은 잎을 토
해낸다
수술 부위로 작게 낸 여닫이창에서
숲의 피 도는 소리 희미했으나
자작나무 가지들 맞대어 지붕 엮는 공법

내각 60도의 삼각 판막을 환부에 덧댄다
급하게 경사 준 박공 성형으로 조심스럽게 철심 박는다

용마루 외길 따라 좁은 관 내고
바느질하듯 기와들 촘촘 얹는 봉합으로 집은 완성되었다
며칠 뒤 비가 내리면
급경사 따라 우물 안으로 새 피가 공급될 것이다
인적 없던 이 숲에
사람들이 병문안을 와 꽃을 심으려 들 것이다

폐원

굳어가는 피의 맛은 고독하고 상업적이다

벽의 이끼를 베고 잠든

괘종시계 건전지의 실핏줄에

유통기한의 물약 같은 쓴맛이 번져간 동안

엑스레이 필름들은 서로 떨어지지 못하는 가족처럼 포
개져

부스스한 얼굴로 정전기 소리를 냈다

부싯돌처럼

응급자의 투석이 자꾸 짧으면 그는 검진록에 불가해한
여백을 적어야 했겠지

뼈와 뼈 사이에서 들려오는 검은 새들의 유언

집음부에서 양초 심지 타는 소리가 들려오자

청진기의 세 꼭지를 잡아당기며

다 접고 유해는 하나 둘 셋

안나푸르나로 떠날 거라고 그는 무의식의 삼각형을 허공
에 그려 넣었다

3부

인디공작단 해산식

물음표에 대한 짤막한 질문

이것은 폭력이다. 딱딱한 망막으로 예고 없이 투하된 네이팜탄이다. 백지의 하늘에서 방금 떨어진 것. 교섭단체를 구성해 줄다리기해봤으나 협상은 결렬되었다. 끝내 그는 마지막 점 하나를 찍어 갈무리하고 말았다. 아직 불가해한 사건이나 비명이 거리에 넘쳐난 건 아니다. 그는 거꾸로 도는 시계를 장착한 채 조용히 머리로 떨어지고 있다. 빌딩처럼 일어선 이 문자들의 대지를 급습한 것은 내 살덩어리로 육박해 오는 감각의 폭탄이다. 의미의 독성을 해독하는 날선 기호이다. 어떤 방향에서 몇 시에 떨어졌을까. 언제나 침묵을 지킨 그에겐 자아도 얼굴도 없다. 그렇다면 나는 그의 목표물이 아니다 대상이 아니다. 제거될 일 없으므로 우선은 안심하고 그에게 저항할 것이다. 하지만 이건 레슬링이 아니다 권투 시합이 아니다. 약속된 게임의 룰도 전제된 공리도 없는 세상에서 그의 전투기가 푸줏간의 갈고리 모양으로 창공을 비행하고 있다. 점 하나가 투하되자 도시의 간판들이 의심을 받으며 흔들리기 시작했다. 투항하듯 무덤으로 들어가야 하는 걸까. 승리의 깃발을 그는 펄럭이는 중이다.

중유(中有) 지대의 말일

다르마(Dharma)

잊었어? 법이고 진리고 간에 탄생이란 미친 짓. 난 너와 다르마를 외쳐봐야 소용없네. 지난 49일 동안 염라 파파와 공놀이로 지루함을 달랬지. 멍한 시선으로 지구본을 핑글 핑글 돌려왔네. 자 이제 한 점 찍어야 할 시간이야. 코펜하겐? 멋진 이름의 부다페스트? 그냥 남태평양의 무인도에 당첨되고 싶어. 헐거운 이름의 사막도 좋네. 심술 대마왕 염라 파파는 지구본의 북위 어딘가를 쿡 찍었지. 거기에서 바다 둘 셋 건넌 생면부지 땅으로 칫칫 끌려가 탄. 생. 이 게임 지겹지 않아? 반가사유 형님은 킬링 킬링 적의의 웃음으로 화답하시고.

달마의 사막 횡단기

죽은 새들의 이름을 난 녹취합니다. 끊어진 카세트테이프 같은 내장을 쏟아내는 달. 피 냄새를 맡은 충적운이 몰려옵니다. 꼬물대는 달빛의 신경이 아직 살아 꿈틀댑니다. 뢴트겐 사진 속 별들이 이를 드러내 웃습니다. 이곳 타클라마칸의 모래알로 별들의 치아를 닦아주며 난 하룻밤 묵을 곳을 찾습니다. 당신은 동쪽 나라에 태어난 왕자. 금탑을 쌓으며 나 같은 노숙자를 탄압합니다. 높은 탑 상륜부에 새들이 머리를 찧었습니다. 비틀비틀 날아와 여기 사막에 부리를 묻습니다. 새들의 피를 긁어모은 태양이 시뻘건 눈을 뜰 새벽. 곧 당신을 찾아뵙겠습니다. 천국에 갈 수 있겠냐고 물으신다면

　당신? 고 투 헬 아니면 다행이지*

　유턴 없는 시가
　서쪽 황천의 모래바람이
　노변을 점령했다
　녹색의 신호등은 숨 거둔 지 오래
　정체된 차량의 경적 소리를 들으며

　돌아갈 길 없는 교차로
　당신은 이 거리에 있었던 듯 사라지고
　봉투에 나는 부. 의. 라고 적었다

　라벤더 미스트 221×300cm**
　당신의 유골 가루를 확 뿌릴 거야. 당신 얼굴을 지우고 초상화를 부수고. 즐거운 작업이야. 형태 없는 것을 사랑

해. 닳아버린 지우개를 난 사랑해. 당신의 육체가 진짜였냐 묻고 싶군. 근육의 입체감? 그런 게 어딨어. 재현의 종교를 난 믿지 않아. 좀체 뚝딱 뭘 만들기가 싫어. 원근법은 거짓말, 전도된 현실이야. 아직 삶이란 걸 믿는다면 이봐, 내가 좀 우와와아 뒹굴어주지. 진짜 실재가 뭔지 보여주지. 여기 있는 화폭. 당신이 잠든 관이야 양지바른 무덤이야. 관 속의 관 속의 관 속…… 그게 다야. 난 돌진해. 꽃잎의 유골 가루를 당신 이마에 뿌렸어. 뒹굴면서 낮잠 자면서. 무덤가의 잡초를 솎았을 뿐인걸. 오, 당신, 캔버스에 갇혀 아우성이군. 탈출하고 싶은가 구원받고 싶은가. 더 소리 좀 쳐봐. 어쩌지? 난 영혼의 육성을 받아 적을 뿐 그리는 행위에 골몰할 뿐. 그림을 남기진 않아. 그게 이 형상 없는 중유계의 법칙이야. 그냥 당신의 아우성과 함께 뒹굴어줄게. 액션 페인팅. 우리 저승사자 단체의 공식 화법(畵法)이야. 어때 좀 편안해졌어?

* 양무제에게 한 달마의 답변.
** 잭슨 폴록의 그림 「연보랏빛 안개 넘버 1」.

앵포르멜

저건 거대한 화폭들
저건 정체불명의 유령들
시청 앞 돌담을 에워싸며 주둔한

김환기 회고전
대체 무엇을 환기하랴 재현하랴

천구백오십칠 오십육
이봐, 식탁과 사과는 어디에 그렸나
거꾸로 배웠어, 피 안 마른 것들이

정물화 따위 불태우게요
집단으로 물감 던지며
뒹굴어요 화폭으로
돌진, 우리
돌진

태양은 청색
어쩌면 태양은 우울하지 않아요

소용돌이만 그리며 살아갈 수 있어요

등 굽은 돌담을 긁으면
기지개 켜는 햇살
윤곽 잃은 사과가 첫 향기를 뿜는 오후

절규 73.5×91cm

데스크 경비원의 입을 틀어막았다, 다행히
열 추적 도난 경보기는 작동하지 않았다
검은 비닐로 점등식 CCTV의 카메라를 덮어씌운다
소화기 분말 뿌려 지문 지우고 서둘러 장갑을 낀다
많지 않다, 시간이, 거즈에 적신 수면제가
휘발하기까지, 구조 요청 버튼을 누르지 못한
보안 요원의 마취된 손가락이 다시 꿈틀댈 때까지
해야 할 우선 작업은 비상등 연결선을
절단기로 끊어내는 일, 전선 다발처럼 뭉쳐 뒤엉킨
관람객들에게 지속적인 침묵을 강요하는 일
장갑 지퍼 올리는 소리만이 환풍구로 탈출하는 시각
화랑의 정적을 깨트리며 구석에서 울려오는
외마디가 성가시다, 회벽에 묶어둔 한 사내가
겁 없이 일어나 비명을 지르고 있다
초점 없는 동공이 팽이처럼 맴돌며 제 얼굴을 파고든다
바짝 랜턴을 들이대고 나는 고요할 것을 요구한다
두 손으로 귀 가린 채 불응하는 그의 입에서
붉은 구름이 쏟아진다, 썩은 다리 난간 갉아먹을 듯

얼어붙은 강물 따라 소용돌이로 굽이치는
저 절규의 데시벨이 얼마만큼인지 나는 궁금해졌다

주치의 가셰의 처방전

흔들리는 의자에서 잠을 청할 때야. 언젠가 이건 화병의 아이리스에게 들은 이야기. 독주(毒酒)로 그의 한쪽 턱이 기울었더군. 등 굽은 빵 조각이 조는 새벽. 태양이 제 머리칼 말아 올리며 식탁보를 툭툭 털고 있어. 문밖으로 밀려가는 먼지들. 처마 밑 해바라기의 기침 소리. 들린다면 어떻게, 귀 없는 그에게? 밀밭의 샛길이 잘린 귓불의 실핏줄처럼 붉어졌어. 그의 피를 받아 마신 태양이 서쪽의 폭풍을 불러오고 있어. 이제 그도 물감 챙겨 따라나서야 할 때인데. 물감을 치약처럼 짜 먹고 그는 불에 타는 새떼를 잠시 봤을 뿐인데. 발작은 아니야. 바닥에 쓰러진 그가 까마귀 날개 같은 양팔을 퍼덕여. 그는 자꾸 밀밭을 날고 싶다 말하고 그건 그림 한 장 파는 것만큼 불가능한 일. 항우울제를 빻아 그에게 흰색 안료라며 건네주면 좀 어떨까. 제발 먹어봐, 이게 밤새 네가 찾은 물감이야, 라고.

몽마르트르

흑인 악사의 광장
짧은 시가 유행인 겨울이 오면
돌계단은 기지개 켜며 일어선다
접힌 그림엽서의 귀에 대고 노래 부르는 새들

하얀 집들의 굴뚝을 오르락내리락
봉고차가 물감처럼 아이들을 풀어놓는다
고양이 등을 쓰다듬는 구름이
한 아이를 붙잡고
귀 자른 자와 독주 마신 자의 이야기를 속삭여주기 위해

배고픔, 얘야, 그건 무엇도 아니지
혁명 뒤에 이 언덕은
널 버린 햇살을 찾아 마다가스카르로 떠날 거야
그때까지는

잠든 해바라기의 태엽을 감는 종소리
성탑 계단을 베고 눕는 악사 곁에서
봉주르? 가끔씩 찾아오는 아침

신신사운드 악기사

낙원상가 제이 제삼 구역을 돌아가면
울창한 숲이 있어요 오솔길 같은 회랑 사이
눈길 밟듯 걸음 느려 사방을 설레발 살피게 되는 곳
입구에는 사자 갈기 머리의 소년이
스트로크 주법으로 나무 밑동을 벅벅 긁어대고요
쏟아지는 잎새들, 나는 큰 놈으로 한 장 주워 입에 넣어요
이빨 사이 툭 터진 씨앗음이 저 멀리
야생초 군락지로 안내해요 아마 거기까진 못 갈지 몰라
긴 코로 코끼리가 저지선을 그었거든요 코에 둘둘 말려 나는
그 아저씨 가게에 끌려들어 가요 그의 큰 귀가 펄럭여요
여긴 낙원 중의 낙원, 없는 나무가 없지, 뭘 찾으시나
그의 발짓에 엉겁결 등에 올라타요 나는 관목들 늘어선
진열장 한구석을 들춰요 후루룩 놀란 새들이
하모니카의 수십 둥지에서 날아올라요 난 기타 줄을 꺼내요
나뭇가지에 한쪽 걸고 팽팽히 뿌리까지 잡아당겨 활시위를 만드는 거죠
별난 조율법인가요 통통한 새 한 마리 잘 잡으려는 것뿐

웬걸요 시위를 떠난 미 라 레 솔 시 개방현 음들이
저희끼리 얽혀 기타의 뻥 뚫린 우물로 들어가버렸어요
화살들 찾으러 아저씨랑 깜깜한 우물 속
한참을 들여다보아요 천천히 좌우로 귀 기울일 때마다
웅숭깊게 솟아나는 숲의 물줄기 소리
거봐, 다른 가게에 갈 필요 있나, 아저씨의 긴 코가
스르르 날 풀어줘요 어때, 그럼 다음 악기를 보실까?
이제부턴요 골라주는 나무를 끌어안으면 어떨까요
잎새들 본때 나게 피워보려고요 아저씨의 콧김이
새떼의 날갯짓 같은 음들을 의기양양 뿜어내고 있으니
까요

하드록 기타 단기속성

꿈의 악기를 위한 4주 완성용 교본

옥상은 예비 기타리스트에겐 최적의 리허설 무대 옥탑방에 오르는 사다리 계단이 접혀 벽에 걸려 있다 오후부터 건조한 바람이 스크럼을 짜고 공연장으로 몰려온다 빨랫줄에 걸린 옷가지들은 헤드 뱅잉하는 관중처럼 부대끼며 당신의 연주를 기다린다 뜨거운 함성이 보일러의 함석통 굴뚝을 맴돈다 곧 먹장구름을 뚫고 한 줄기 햇살이 새 나와 당신의 기타를 비추리라

펜타토닉 스케일: 애인의 경락을 여는 주법

연습 전 먼저 당신은 몸을 풀어야 한다 겨우내 언 물이 녹아내려 사다리 곳곳에 맺히기 때문이다 당신과의 접촉으로 물방울은 간직해온 음을 터트리길 기대한다 유물 발굴단의 손길만큼 설레고 조심스러울 것 다리를 벌려 고정시키고 임시 코드를 정하라 계단 셋째 칸을 부드럽게 감싸며 음감을 잡으면 된다 손끝으로 안기는 물기의 교성에 귀 기울일 것 한 계단 더 오르면 대각선 방향에 후속음이 숨어 있다 같은 방법으로 사다리를 오르면서 도합 다섯 개의 물방울을 찾아내도록

피킹 하모닉스: 도망치는 여자를 붙잡아선 안 된다

컵라면 용기가 쌓일 때까지 연습했는가 그 높이만큼 올린 대형 앰프를 놓고 공연할 기회가 올 것이다 그러나 헝그리 정신 투철한 당신 곁에 남아줄 애인이 있을까 미련을 버려라 단숨에 물방울을 끓여 한 옥타브 위의 수증기로 날려 보낼 이 기법을 터득하라 강한 화력의 기술인 만큼 손가락은 불길로 이글대야 한다 마지막 성냥을 그을 때처럼 우유 팩이 뜯어지지 않을 때처럼 계속 기타 줄을 긁으며 신경질을 부려라 부글부글 끓는 음이 날아올라 별들로 소용돌이칠 때까지 다운 피킹을 반복하라

라이트 핸드: 애인을 데려간 뱀파이어를 공격하라

밤이 되면 은으로 특수 제작된 아다마스 기타 줄로 조율하라고 권하고 싶다 추위로 물방울은 다시 얼어붙고 당신의 연주에 홀린 그녀가 미끄러운 계단을 쩍쩍 밟으며 돌아올 것이다 찬바람이 바닥에 납작 엎드려 들이닥치면 널빤지를 문에 대고 못 박을 준비를 시작하라 사랑은 가고 음악은 믿을만한 것 오늘은 간주 부분의 솔로 애드리브를 마스터하는 날이다

Tab

```
E| - - - - - - -사- - - - -랑- - - - - - - - - - - - - - - - - - - |
B| - - - - - - -사- - - - -랑- - - - - - - - - - - - - - - - - - - |
G| - - - - - - - -랑-을∧랑-을∧랑∧을-잃-나∧는∧쓰네- - - - - |
D| - - - - - -랑- - - - - - - - - - - -고-나∧는∧쓰네- - - - - |
A| - - - -사- - - - - - - - - - - - - -잃- - -나- - - - - - - |
E| - - - - - - - - - - - - - - - - - - -고- - - - - - - - - - - - |

E| - - - - - - -거- - - -짧- - - - - - - - - - - - - - - - - - - |
B| - - - - - - - -라-거∧라-짧∧았∧짧- - - - - - - - - - - - - |
G| - - - - - -있- - - - - - - - - - - -밤-들∧아∧들-아- - - - |
D| - - - -잘- - - - - - - - - - - -았/던- - - - - - - - - - - - |
A| - - - -잘- - - - - - - - - - - - - - - - - - - - - - - - - - |
E| - - - -잘- - - - - - - - - - - - - - - - - - - - - - - - - - |
```

볼륨을 높여라 그녀의 등에 늘어져 있던 그림자가 일어설 것이다 뱀파이어가 창문의 성에를 이빨로 갉으면서 당신 손의 핏방울을 갈망하고 있다 세 번째 플랫으로 먼저 왼손을 옮길 것 밑동 큰 마이너 음계를 찾아 말뚝 박듯 검지로 힘차게 눌러 고정시킬 것 놈의 비명이 앰프에 울리리니 즉시 오른손 중지로 사 번 줄부터 두 칸씩 건너뛰며 돌진하듯 주변음을 솎아낼 것 자칫 둔하게 움직이면 흡혈귀의 반격으로 꽃다운 나이에 요절하리니 주의를 요한다 공들여 연주하면 지하 창고로 잠적한 그들의 웅얼거림이 귓바퀴에 맴돌아 잠 못 이룰 것이나 잊어버려라 당신은 충혈된 눈을 가진 아티스트가 되어 인디 밴드의 영입 제의를 받게 되리라

낭만이여 안녕

낡은 깁슨 기타를 둘러멘다
깨진 창문 밖으로 비 내리는 밤
구름에 허리를 물린 달이 신음하는 밤
달의 유언을 중얼대며 나는
벽면에 rock'll Never die를 새겨 넣었다
앰프를 켠다, 폭우를 머금은 저기압이
가건물 지붕을 덮쳐 누르고
앰프는 소나기 소리를 내며 고요히 타오른다
부러진 기타의 공명판으로
사체 부검인의 손길 같은 빗물이 떨어진다
나는 기타 줄에 묻은 달의 혈흔을 닦아낸다
으깨진 호박의 내벽 같은 합주실
문짝에 달팽이 껍데기를 그려 넣은 밤
축축한 의자에 앉아 조율하는 밤
불협화음으로 떠나간 자들을 기다리는 중이다
그러나 달의 무덤가로 당신들은 날아갔지
박쥐를 따라간 불길한 밤 외로운 밤
기타에 잭 꽂고 애써 볼륨을 올려본다
쌓인 먼지들이 귀를 세우며 발밑에서 일어선다

빗방울은 굵어지고
고양이가 버려진 악보를 할퀴어 찢는다
달팽이 그림이 좀비처럼 일어나
빛바랜 벽에 새겨둔 내 혈서를 갉아대고 있다
드러머도 베이시스트도 돌아오지 않는 걸까
불협화음으로 떠난 자들의
노래여, 이제는 안녕.

달의 노래

잠깐 나는 정신을 잃은 것이다
웅얼대는 달빛
흔들리는 밤의 공기
당신의 조율은 얼음보다 차갑다
당신의 앰프는
흩어지는 구름을 바라보도록 설치되었다
자정이면 관중은 몰려들고
연주는 시작되었지
거북 등 같은 손을 내밀며 당신은
내게 밴드 가입을 원했지만
지겨워 오프닝 무대를 부수고 싶어
미래로 탈주하자 외쳐댔지만
그래서 어쨌단 말인가
악보는 벌써 뒤집어 벽지로 발라버렸는걸
기타를 팔고 해변에 누워
구름 과자 사업을 나는 생각했다네
그래서 뭐 잘못됐단 말인가
함께 해안선을 잡아당겨
휘어진 오선지를 만든 것

고양이 수염을 모아 기타 줄을 엮은 것
다 부질없는 짓이었어 안 그래?
폭설이 파도를 집어삼켰다구 그러니
네 장갑을 가지고 어서 나가버려!*
당신에게 냉소를 퍼부어주었지
우, 도끼가 달의 심장에 박혀 있네
—— 우리가 이걸 연주할 수 있는가
우, 달로 가는 승차권이야
—— 우리가 이걸 전달할 수 있는가
하지만 당신은 이 거리
가설무대를 지키는 무명의 가수
기우는 달의 마법을 오늘도 노래하지
달빛에 휘감긴 당신 얼굴은 신성하구나
당신을 떠난 동안
어떤 구름도 난 잡을 수 없었으니까

* 마이 케미컬 로맨스의 노래 「I don't love you」.

춤꾼 디오니소스

당신 손이 어느 날
정교하게 접어 건넨 내 혀를 던져버렸지
　　　　　폭우를 원해? 난 당신을 노래하고 싶었어

발가락 사이엔 당신의 일기장이 줄줄이 꽂혀 있네
　　　　　흥분한 달빛과 밤새 난 춤추고 싶었다구

당신의 눈물이 달 표면에 상륙했다
눈물과 난 블루스를
눈물에겐 허리가 없지
빙빙 돌려봐, 눈물이 현기증으로 쓰러질 때까지

　　　오, 취한 당신과 난 어디로 간 것일까

눈동자에 박혀 있는 높고 까만 달의 분화구
　　　옷을 벗어 태우자, 달빛의 증류주를 얻을 때까지

마셔라, 당신 배꼽엔 달빛이 심어둔 야자수가 자란다
　　　주린 영혼으로 나는 이곳 사막에 집을 짓는다

야자열매의 꿈꾸는 음악을 듣고 있는가
당신의 눈물이
달의 환한 등 뒤로 증발하는 시간
모래언덕은 어지럽게 부풀어 오른다, 당신 젖무덤처럼.
여기 지금 내 심장은 부서지고
흩어진 모래들의 군무로 약동한다, 당신 품에서 무슨 일
인가 일어났다면……

떼르미니 역

악기 잃은 집시가 건넨
젖은 성냥갑
속에는 불붙지 못한 기차들
줄지어 조는 여권들
피 묻은 안개의 손바닥을 외투처럼 펼쳐 덮었다
기차의 등이 식어갈 때
돌아오지 못할 행선지를 당신은 타진 중, 어쩌면 수십
개의 플랫폼에서

오디션

온 힘으로 아버지가 그물을 당긴 계절이었어 카드점 운세를 바꾸기 위해 그물 속 치어떼가 꼬리를 뒤집던 날들 비좁은 틈을 탈출한 한 마리 치어의 눈빛을 간절하게 친구여 나는 기억하고 싶은데 냉기 서린 배 갑판 같은 이 무대 위에 나도 막 끌어 올려져 있는 것인데 친구여 이번만은 정말 내가 펄떡대는 치어가 될 수 있을까 오징어잡이 배의 탐조등처럼 조명이 확 켜지고 심사 위원의 그물 같은 시선이 내 몸을 결박한 이 시간 나의 노래는 시작된다네 슬픈 사슴이 당신과 꼭 닮았어* 라고 누군가 말해주었고 어쩌면 나는 남몰래 기른 사슴뿔 모양의 십육분음표를 잘라버리는 것도 좋은 시작이 되리란 생각을 했네 그러니까 첫 소절은 느리게, 대신 기타 볼륨을 크게 올려보면 괜찮을까 하우링 하우링 아버지, 뿔 잘린 사슴의 비명만 스피커 메아리로 웅웅 떨리기 시작했어요 앞 번호 여자는 망사 스타킹으로 벌써 많은 점수를 건져 올렸는지 몰라요 저 떨어지면 아버지, 마이크 벌집 구멍에서 토막토막 잘려진 비릿한 생선 냄새가 싫어요 어지러워요 꾹 감고 부를래요 아버지

*부활의 노래 「슬픈 사슴」.

오디션 2

다섯 번째 이름이 곧 발표될 것이다
다섯 개의 술병이 아마도 비게 될 것이다
당신은 십 초간 숨을 멈추고 있네
당신은 죽은 듯 조용히 살아온 다락방
꿈으로 빵빵해진 과자 봉지
벌레들이 흩어진 당신 노래를 주워 먹곤 했지
부스러기는 손으로 하나씩 찍어 모아야 맛있나 봐
누군가 당신의 음들을 귀에 모아
꾹 눌러주길 바랄게
펑 하고 당신을 터트려주길 바랄게
나는 과자를 아삭아삭 씹으며
아쉽게 붙은 네 번째 합격자를 씹어대고
아쉽게 떨어진 내 아르바이트 면접을 곱씹어대고
다섯 번째 이름은 어쩌면 별 다섯 개
제발 장군의 아들은 아니길 바랄게
낙하산 타고 오는 파이널만은 없길 바랄게
낙하산의 활강 속도처럼
횡격막을 아래로 밀면서 당신의 숨 고르기는 시작된다
천천히 노를 밀며 나아가듯

당신 노래의 첫 소절은
공기 중에 잔잔한 파문을 일으킨 것도 같은데
심사 위원의 손가락이
버튼 위에 닿아 살짝 떨린 것도 같은데
지저귀는 새들은 이내 자리를 비우고 날아가지
다섯 번째 당선자가 이내 발표되겠지
다 먹은 내 과자 봉지처럼
당신도 잠시 마음을 비웠으면 좋겠어
다섯 개의 술병을 비우는 일도 없었으면 좋겠어

4부

분실 판화집

양궁소녀 발굴기

　목초지 능선을 생각하는 날이 많아졌다. 나무들은 과녁이 되기 위해 자라고 태양의 흑점은 응시할수록 자꾸 부풀어 오른다. 떠오르는 태양이 싫어요, 소녀는 한쪽 팔을 접어 가슴에 활을 감추곤 했다. 뭘 잡기 위해서도 아니고 능선 너머는 한 번도 가본 적 없다고 소녀는 말했다. 다른쪽 팔이라도 굳세게 펴렴. 활대를 잡고 주먹을 꼭 쥐고. 제 몸의 성장판을 닫아버린 초원이 난쟁이처럼 웅크렸다. 코칭 스태프는 구릉의 등에 깃발 꽂으며 도시 외곽으로 사라졌고 밟힌 야생초 군락지에서 소녀는 무방향의 화살을 쏘았다. 괜찮아, 단지 바람의 장난이라고 생각해두자. 새들과 풀벌레가 소녀의 눈에 커 보일 때까지 기다리기로 하자. 나는 소녀에게 먼 과녁판의 점 하나로 남기로 했다. 오월, 혼자만의 귀국은 슬픈 일. 소녀는 어쩌면 활 쏘는 일을 멈췄을까. 선수촌 주변 둑방으로 저녁이면 산책 간다. 개천 따라 굽은 붉은 자전거로는 내 삶이 쏘아 맞춘 팔 점짜리 길. 같은 궤도를 맴돌다 길가 덤불 안쪽에 있을법한 노랑머리 소녀를 생각한다. 연일 태양에 물든 머리카락? 능선의 빛이 소녀 머리에 텐 텐 텐을 적중시켜왔는지 모를 일이다.

젖은 돌

돌, 흔들리는 위치
정오의 메마른 숲
인적 없는 공원에 남아
무료한 듯 애인을 찾고 있다
며칠째 벤치를 괴고 있는 돌
작은 새들만 남아
회전목마 주위를 빙빙 돌고
잔뜩 습기를 흡입하는 빗방울
구름을 몰고 오는 건 한순간이다
돌의 몸이 젖는 것도 한순간이다
돌은 눈먼 애인처럼 입술로
비를 빨아들이고
구름 걷히면 화창한 얼굴로
떠나가겠지만
젖은 옷의 무게만큼
벤치의 각도는 자꾸 기우뚱하지
가벼운 놀림으로
돌 위에 봄이 꽃을 심었기 때문일까
돌 위에 올라타 봄은 무슨 짓을 한 걸까

헬리코박터 파이로리

태초의 사랑을 나는 찾아다녔을 뿐, 한때 당신은 딱딱한 갑주어였고 숲이 우거지면서는 바위틈 엉겅퀴로 피어났어요

쓰다듬으면 베일 듯 가시는 날카로웠죠, 당신은 입술을 갖지 않았어요, 당신 잎맥의 수로만을 그리며 질기게 나는 기다려야 했어요

오랫동안 가시를 숨기면 뭉쳐져 얼굴이 될까…… 제 속을 찌른 당신이 거울을 보며 울고 있어요, 혓바늘은 당신의 피우지 못한 꽃잎, 기억나나요, 개화의 갈증을 이제 떠올릴 수 있나요

수만 년 전 지류 더듬듯 물을 찾는군요, 드디어 당신 입이 꽃술처럼 벌어지기 시작했어요, 속으로 몰래 묻어 들어가렵니다, 위점막 세포에 단단한 발톱 하나 박기 위하여

생장 증식하여 균총의 마을을 일구려던 죄, 당신의 음식만 함께하고 싶을 뿐이었으나, 그런데 당신, 어디 아프신

가요, 강산성 토양의 실개천에 핏물이 번져요

　나의 사랑을 거부하며 당신은 항생제를 삼킵니다, 당신
의 위벽을 파고 더 깊이 숨어들어 가야 하나요, 아니면 당
신 삶을 위해 내가 죽어 사라져줘야 하나요

고목

한 방울 눈물이 네 얼굴을 흐르네. 닦아줄 이파리를 나는 갖지 않았지. 벌거벗고 지낸 날들아, 숨겨줄 그늘 하나가 내겐 없으니.

더 말라죽기 전에 여름의 태양을 생각하기로 한다. 그 전에 네 곁에서 잠들면 좋겠어. 먼저 한 움큼의 가지가 필요해. 근사한 집을 지을 숲의 재료들 말이야. 자꾸 내 몸이 부러져. 아아 떨어져나간 살점들을 다시 붙여줘…… "또 무슨 준비가 필요하단 말이야?" 네 눈에서 모래가 야속하게 쏟아진다. 네 얼굴은 봄바람보다 변덕스럽다. 내 뺨에 비밀의 약속을 사구로 쌓았다가 허물어진 말. 입가로 옮겨가 매섭게 회오리쳤던 말. 난 잊지 않는다. 이제부턴 침묵해다오.

황사 알갱이처럼 까끌까끌한 네 말이 바람에 흔들린다. 내장 다 드러낸 내 헐거운 뿌리로 떨어져 쌓인다. 내 몸을 움켜잡고 넌 타클라마칸과 오아시스와 산둥 바다로 탈출하는 궤도를 포기하려 하지. 방울뱀처럼 빙글빙글 내 곁만 맴돌고 있다. 그러나 계절은 봄이고 이곳의 사막은 꽃피운 법이 없다. 곧 아무 일 없었던 듯 너는 무표정하게 동쪽으로 떠나는 행장을 꾸리겠지만.

가벼운 이사

볼 일 없는 책들을 쌓는다. 만나주지 않는 애인의 집 창가에서 떨어진 찬 눈송이처럼 책이 쌓인다. 아침마다 잿빛으로 산화해 죽어간 밤의 문장들. 일찍 죽어버린 시체들. 한 스무 단위씩 끈으로 묶어서 버리고 싶다. 한때 변심한 애인을 그렇게 묶고 싶었는데. 종이비행기처럼 이 방 저 방 드나든 저 책들마다 펄럭이는 날개를 갈피로 달아준 것인데. 불시착한 사막의 비행기처럼 책 속에 코를 처박고 무소식의 애인을 기다리거나, 깔깔한 활자의 모래 밑 어딘가 흐르고 있을 물 냄새를 맡으며 견뎌온, 견뎌온, 이제는 파 들어간 구덩이 깊이만큼 내 앞에 책들이 버려져 있다. 줄줄 새버린 엔진오일만큼 번져 있는 책날개의 쥐오줌들. 붙이고 싶다 불, 확, 다 타버릴듯한.

일식

정오가 한 번 밝아졌다. 사랑니 빠지듯 지붕의 안테나가 뽑힌 뒤였다. 모래바람은 나와 당신의 옛 편지를 봉하고 싶어 했는지 모른다. 오전 내내 사막의 지층이 강풍에 몸서리를 앓았다. 땅속에 갇혀 있던 벌레들이 올라와 반지 낀 손가락 근육처럼 꿈틀댄다. 무소식의 당신을 기다리다가 정오가 밝아졌다. 나는 날 선 병목으로 연필 깎으며 기상예보의 비 소식 날짜만 세고 있다. 연필심이 풍향계처럼 길게 목을 빼는 시간. 패잔병처럼 흩어져 있던 구름이 몰려온다. 태양의 떨어진 단추를 찾겠다고 떠난 건 당신이었지. 새떼는 고장 난 교신기의 박자에 따라 비행을 멈춘다. 수천의 부리가 허공을 쪼아 먹는 만큼 하늘의 동공은 깊어지겠지만. 구멍 뚫린 마음에서 모래가 새듯 정오는 이내 어두워지겠지만.

紅記

낡은 목옥(木屋) 차양에 빗방울이 떨어진다. 생면부지 손
님을 위해 안마사 누이는 눈을 감았고 자정을 넘길 때마다
다리 절며 누군가 사케 잔을 비우던 저녁. 상강절이 왔을
때 어쩌면 무지개는 바닷게의 다리를 닮았는지 몰라, 하나
씩 툭툭 분지르며 너는 젖은 크레파스로는 갯벌을 후벼 팔
수 없다 중얼거렸다. 엄마의 발뒤꿈치에선 죽은 난소 같은
각질이 돋았고 우리는 부스러지는 필라멘트를 가진 홍등
의 겨울이 오리라 예감하지 못했다. 돌려세운 라디오 안테
나에서 수신되는 북풍의 기록들. 파도 위로 떠오른 자들에
대해선 아무 말 없이 지내는 편이 좋았다.

洛山

1.

풍경(風磬) 안 세상은
닦지 않고 그냥 며칠 놓아둔
녹차 잔 같았다, 건드리면 천 년을
쪽빛 해안의 물결 따라 가만히 흔들려 왔다

원통보전 문설주에 기대어
밤이면 물고기의 짤막한 말씀을 듣곤 했다
별꽃 무늬 담장 뒤로 길게 펼쳐진
은하수의 길을 따라
물병이며 천칭이며 별자리 궤도를 사경한 적이 있었다

2.

노송 가지에 걸터앉아 잠시
숨죽였던 불씨가
천지를 일제히 밝히고 일어나 소리 지르며
어획하는 이 밤, 불바다의 휘젓는 팔뚝이
펼쳐둔 후릿그물을 거세게 걷어 올리고 있다

한 방울씩 거품을 밀어 올리며
돌탑 하나 쌓아온 물고기의
호흡이 거칠다, 아가미가 가쁜 숨을 몰아쉬며 파닥댄다

  3.

무너져 내린 절터 담벼락
목어의 뼈를 추스르는 사람들이 있었다

이누이트 엽사

얼음 위에 간이천막을 칠 시간이야, 밤이 와도 태양은 빛나네, 뜬눈으로 사냥감을 기다리기란 빈 담뱃갑의 눈꺼 풀을 여는 것보다 초조한 일, 한 장의 타로 카드를 분실한 점술사처럼 나는 언 이빨들의 아귀를 맞추며 누워 있네, 추워 떨고 있네, 꿈도 꾸지 못했을까, 보랏빛 오로라가 둘 둘 말린 이불 같은 내 혼몽을 대신 하늘에 펼쳐 보일 때, 처음엔 은꼬리여우의 울음소린 줄 알았다가, 유성이 제 꼬 리를 자르며 빙산 너머로 망명해간 소리인 줄 몰랐던 것을

보여라, 일각고래
단 한 방에
네 긴 어금니로 망명지의 주소를 빙벽에 새겨주마. 장. 전.

바람이 순간 내 왼쪽 귀에서 오른쪽 귀를 관통한 것이 네, 곰 가죽 벗겨 만든 귀마개를 홀랑 벗기며, 바람 불었네, 내 귓속에 살던 북극곰의 영혼을 훔쳐 달아났을 뿐, 따스 해진 입김 후후 불며, 더 뜨거워지기 위해 바람은, 적도의 섬을 꿈꾸며 이곳을 탈출해 남하하려는 것이네, 이방인의 해변에서 곰의 사진을 팔며 노닥거리고 싶냐고 난 묻고 싶

은 것인데, 말린 고기로 허기 달래며, 먼 옛날 짐승들의 내
장에 밀봉한 부족의 혈서를 자꾸 생각할 뿐인데

　얇아지는 얼음판의 비명 소리. 재. 장. 전.

　설원 천지의 흰색에 내 몸 더 물들면, 어떨까 여우들아,
내 머리 백발 되어야 눈치 못 챈 너희가 출몰하게 될까, 실
패한 사냥이야, 이제 간이천막을 거둘 시간이야, 검은 머리
의 청년들은 돈을 위해 블라디보스토크의 얼음조각 공원
으로 떠난 지 오래, 여기에 뼈를 묻겠다 한 건 나뿐이지만,
눈 부릅뜬 태양이 칼을 휘두르네, 심해로 잠적한 고래들이
뼈를 묻네, 얼음들이 하얀 뱃가죽을 고래처럼 까뒤집으며
둥둥 떠다니고 있네

길일

검은 안개의 혀가
나의 창고를 훑고 가면 그 옆
너희 집 대문은 뱀의 탈피처럼 페인트칠을 훌훌 벗어버
리곤 했는데

매직으로 쓴 주소의 대부분은
그래서 지워져 있지만
오늘처럼 화창한 날에 아이야
새로운 정착의 땅에선 조그만 문패를 달고 살렴

막 너 떠난 이 집에
이사 온 개구쟁이들은
문턱에 쪼그려 앉아 흙먼지를 일으키며 자꾸 치마 속을
그리고

지금쯤 너는 그곳에서
짐을 풀고 있겠지만
합체 로봇의 다리 한 짝을 찾지 못해 실망 중일지 모르
지만

기다려보렴 아저씨 수레에도
내일은 고철이 많이 생기는 날
절름발이 로봇의 다른 멋진 변신체를 꿈꿔두면 어떨까
네 가족을 위해
집들이 날
잘 구르는 바퀴를 찾아 선물로 가져갈 테니

박카스 만세

I

작은 병 하나를 응시하며
나는 태어났다
사각 모양의 단순한 선물들이 척척 쌓였다
고생했어 축하해 소리를 남기고 간
사람들은 그러나 다시 오지 않았다

II

엄마 손에서 약병은
피를 쏟아내듯
따다닥 이빨 가는 음악을 들려주었다

III

제 속을 비워낸 병에
며칠 후 엄마는
조용히 꽃을 심었다 바라보았다

IV

내 머리에서 꽃이 자라고
자꾸 잇몸이 가려울 무렵
혼자 놀던 지붕 위
톱니 빠진 태양의 바퀴가 서쪽으로 굴러갈 무렵

V

밤이면 앓던 할머니가
늘 손에 쥐고 산 건 무엇이었을까
다닥다닥 빈 병들이 모여 산 양철 지붕에서

VI

새벽에 그녀의 손이 허공을 그으며
힘없이 풀어졌다
또르르 구른 병에서 흐른
노란색의 액체가 이부자리를 적셨다

오줌 싼 줄 안 나는 울 수 없었다

VII

갈수록 홀쭉해지는 어깨
자꾸 엄마의 몸은 병을 닮아갔다
엄마 그날의 피로는 그때그때 풀어요 저처럼
졸업식장 뒷산에서 나는 담배를 배웠고
빈 병에 엄마의 손처럼 꾹꾹
새까만 재를 쌓아갔다

VIII

사람들 머리에서
선인장 가시가 돋을 때면
나는 잠시 엄마의 꽃을 빼고 빈 병에 코를 댄다
사막의 바람 냄새가 훅 풍겨온다

소년은 몰래 구두를 모으며 자란다

간만에 사러 간 신발 발가락이 아프다
하나둘 점원이 가져온 것마다
넣었다 발을 뺐다 대여섯 차례
터지기 직전의 풍선 같은 간절함
외발의 두루미처럼 갸우뚱 서서 나는
제짝 찾는 가죽의 숨소리를 가만 듣고 있다
첫 날갯짓의 두려움으로
조심스레 넣어보는 구두의 입구
유년의 놀이터였던 작고 검은 호수와 사뭇 닮아서
찬 바람에 엎드릴 때마다
이듬해 눈보라를 생각하는 때가 많았다
언제부턴가 자라길 거부한 소년의 발
갈라 터진 발바닥의 무늬를 닮아간 얼음 표면에
죽은 짐승의 가죽 하나
채우지 못한 유서로 뒹굴고 있었다
앙상한 목선의 뼈들끼리 끼익 끼익
서로의 등을 긁어주느라 말 없던 시간
깎기 싫은 발톱만 자꾸 자라나
이불에선 감추지 못하는 오줌 자리 냄새가 났다

커간다는 건 어쩌면 신발처럼
제 냄새를 도로 제 몸속에 밀어 넣는 일이란 생각
그럴 때마다 바짝 발톱이 깎고 싶었던 걸까
헐렁해지는 한 치수 안에서
아무도 못 찾을 짐승 냄새를 기르고 싶은 거였다
그런 구두 하나가 사고 싶은 저녁이다

하얀 탑의 노래

물기 어린 유리창
내 언 발을 잠깐 바람이 붙잡는다

길 잃은 수행자 하나가
노란 안전모와 망치를 허리에 꿰 차고
건너편 건설 현장 칠 층 빌딩
앙상한 철골조를 붙잡으며 고행하듯 기어오른다

종일 폭우 내렸고 그는
속 터진 하늘의 복부를 어루만지듯
목탁 모양의 멍키 공구를 공중에 딸랑댄다, 빌딩을 날아
오른다, 탁발처럼.

칠엽굴 단원의 경전 결집 게송
자, 함께 노래해요, 옴 자례주례 준제 사바하 부림. 고요
히 눈 감아요. 無明 ⇨ 팔만사천법문을 죄다 듣고도 아난*
은 깨닫지 못했네. 行識. 다리를 꼬아 올리며 다리의 움직
임을 주시하세요 ⇨ 붓다의 죽음을 알았을 때. 愛取 ⇦ 철
골만 남은 붓다의 뼈를 끌어안고 아난이 울어요 ⇨ 당신의

정수리에서 연꽃이 시들었어요 (이 열두 마디의 연기법을
공복에 요가하라, 가벼운 영혼으로 냄새를 맡듯)

단, 우산을 펴기 전 당신이 복창해야 할 노래는 다음과
같은데, 참고로
　아난은 저 건너 건물에 지어질 옥탑방에 살아요
　아난은 당신의 방문을 기다리고 있어요
　아난의 굴욕적인 환생을 당신은 기억해야 해요
　우리 요가 센터의 회전문은 윤회를 상징한답니다

‖: 달 뜨면 건너편 저쪽
　　　　　　빌딩 고탑 봉우리
　　아난이 사는 설산 같아서
　　　마주 보는 이곳 요가 센터 입구에 서요
　회전문에 육체를 욱여넣어요 당신은
　　　전생의 한파에 벌벌 떨기 시작했어요 :‖

여·기·서·맴·돌·지·마·시·오

이와 같은 여래의 말을 나는 수없이 암송해왔다

빗방울이 회전문에 붙어 도는 동안

귓가에 맴도는 아난의 울음이 망치질로 내 머리를 부수고

아마 나는 겨우 문을 빠져나갈 것이다

유리에 서린 물방울이 점점 지워진다

명료한 시야……

작업 인부가 팔 층 석탑처럼 철골을 더 얹고는 땀을 닦
고 있다

* 붓다의 제자 중 다문제일.

로프공

머리 위로 태양의 야유가 쏟아진다. 강판당한 투수처럼 외벽에 납작 웅크려 있는 먼지들. 모자를 고쳐 쓰고 나는 먼지의 등을 쓰다듬는다. 나의 등판이 네게 구원이 될까. 벽에 꽉 붙인 고무 압축기처럼 꺾이지 않고 버텨볼 수 있을까. 강속구로 세제를 뿌리자 유리창의 얼굴이 하얗게 질린다. 한 줌씩 밧줄 풀며 나는 세상의 바닥에 닿을 때까지 거품을 던질 것이다. 전광판 계측기의 밀고 올라가는 숫자처럼 하나둘 거리에 나타나는 사람들. 외야성 파울을 보듯 날 올려다본다. 압축기 떼고 붙일 때마다 혈관들 퐁퐁 터지는 소리. 들려? 한 번 실책으로 우리의 추락은 끝없어질 거야, 감독의 귓속말이 구름의 뺨에서 붉으락댄다. 애드벌룬에서 색종이들이 우우 쏟아진다. 나를 찾아온 바람의 응원단이 파도타기를 시작하는 오후. 물결칠 때마다 그간 나를 지탱해온 한 줄기 밧줄이 아슬아슬하게 흔들린다.

베이루트 독서

누구의 손때 한 번
타지 않은 책
별똥처럼 반짝이다가
사라진 시간, 몇 쪽 넘기자
성운의 젖을 빤 태양이 죽죽 밑줄을 그어놓았다

낙서족 알 무스타파는 그 밑에 이렇게 적어놓았다

태양의 바퀴를 나는 매일 굴려야 했네. 사막 한가운데서 그건 보통 일이 아니었지. 슬로모션으로 건초 먹던 염소가 불볕 아래 제 무릎을 꺾고 고꾸라지고 말았어. 나는 염소의 심장을 꺼내 곱게 말려 지우개를 만들었지. 닿을 수 없는 레바논의 하늘만 그렸다 지우길 반복했어. 점점 지워지는 태양의 바퀏자국 따라 철벽같던 국경선이 무너져 내리네. 잠시 바람 불고 한순간의 휴식이 찾아들면 또 다른 여인이 나를 낳으리라고* 친구여 이제 조금은 믿어도 될까?

바람의 헛된 예언일랑 품에 묻고 다른 안식의 땅에 태어나길 꿈꾸는 것이네. 죽은 염소의 전 생애를 캐묻듯 종이만 씹어대면서 말이야. 그렇게 무력한 나를 가까이서 먹구름이 손가락질하고 있어. 베이루트의 지평선 너머에서 저격병 같은 어둠이 몰려오네. 염소의 망령이 글자들 사이를 배회하기 시작하네. 코코넛 먹는 아이처럼 지우개 하나로 태양의 속살을 파먹으며 견뎌온 계절. 속속들이 먹어치우고도 제 살 깎으며 안으로 단단해지는 지우개를 갖고도 난 한 번 웃지 못했던 것인데

그러니 친구여 페이지를 넘길 때면 기억할 것이 있네. 부서진 태양 마차의 조각들이 행간여백 따라 실구름으로 흘러가고 있음을. 고이 간직해온 염소의 뿔을 갈피에 끼워두고 나는 떠나네. 그 뿔로 이 책의 심장을 뚫고 부디 나아가게나. 행운을 비네. 베이루트의 밤하늘에 떠오를 은하의 젖에 목을 축일 수 있을 때까지.

*칼릴 지브란의 시 『예언자』.

현실의 심리적 구조물과 을의 노래

조강석(문학평론가)

1

시가 반영과 재현의 예술인가 아닌가에 대해서는 아직 갑론을박의 여지가 있지만 적어도 서사 양식이나 극 양식과 같은 방식으로 현실을 재구성하지는 않는다고 말할 수 있겠다. 시는 인물과 사건과 성격의 층위에서가 아니라 시적 주체가 접하게 되는 사태에 대한 내감의 형성 방식 혹은 사태의 표현 방식이라는 층위에서 현실을 재구성한다. 예컨대 현실의 경제적 조건에서 갑과 을의 관계가 권한과 권리의 실질적 한계 조건에 기반한 것이며 또한 그로 인해 파생되는 구체적 불평등이 계약서 이상의 심리 효과를 낳는 것이라면 통상 소설에서 이 관계는 사건의 전개를 통해

독자의 포괄적 이해를 구하는 반면 시에서는 직접적으로 나타나지 않고 상징적 대립 관계의 심리적 구조물들을 통해 나타난다.

'IMF 세대'의 삶의 조건을 다룬 소설들이 2000년대 이후 문학에서 현실의 재귀환이라는 쟁점을 부각시키며 조명을 받았던 것에 비하면 같은 시대적 환경 속에서 문학을 삶의 방향으로 삼았다는 공통 조건을 지닌 세대의 시인들의 작품은 새로운 세계의 감각적 수용이라는 관점에서 부각되고는 했다. 물론, 감각의 차원에서 2000년대 이후 시인들의 시 세계를 재조명하는 것은 그 나름대로 충분한 의의를 지닌다. 인식과 윤리의 조건이자 마당으로서의 세계라는 조건의 변화는 시인들로 하여금 인식의 결과보다는 지각의 조건을 근본적으로 재검토하게 만들었다. 소설가들이 변화된 세계의 구체적 상황을 제시하고 그 상황 속에서의 선택의 모럴을 화두로 삼는 반면 시인들은 세계라는 광범위한 감각 자료를 수용하는 조건이라는 차원에서 시적 주체의 개변을 화두로 삼게 되었던 것이 저간의 사정이다. 말하자면 젊은 소설가들이 변화된 조건에 의해 성립되는 세계를 서사적으로 재구성하고 그 속에서의 인물들의 선택과 윤리를 통해 변화된 세계상을 비로소 말할 수 있게 되었다면 시인들은 세계가 표상되는 조건들과 오래 씨름해왔다고 할 수 있다. 박강의 첫 시집은 바로 그 양자의 간극에 놓여 있다는 데 그 독특함이 있다. 그간 경험의 조건인 지각장의 변화를 막 생성되는 이미지의 차원에서 즉물적으로 제시하는 시들은 많았지만 박강의 경우처럼 지각의 조건과 재현의 양상 사이에서 간극을 수사적으로 아이러니화하는 시인은 드물었다고 할 수 있을 것이다.

2

우선 다음과 같은 이미지들이 재현의 상상력과 함께 부풀면 각기 한 편씩의 소설이 될 수도 있었다는 것을 생각해보자.

파견직입니까. 당신의 유통기한은 이 년.
　　　　　　　　　　　　―「우루사를 먹는 밤」에서

염료가 해직통보서처럼 이리저리 튄다구.
　　　　　　　　　　　　―「이상한 염색」에서

이력서 한 줄처럼
각자의 땅만 내려다보고 묵묵히 걸어간 동안
　　　　　　　　　―「너와 나의 국토대장정」에서

아파? 괜찮아 얘야, 노동은 유연성이라더구나

발라봐, 발라봐, 오일이란다, 쇼크는 없단다,

　　　　　　　　　　　　　　　　　　　——「국지성」에서

인용된 구절들은 이 시집에서 최상의 것은 물론 아니다. 그러나 그럼에도 이 시집에서 구사된 상상력의 일단을 단적으로 보여준다. 파견 근무와 해직, 이력서와 노동 유연성 등의 시어는 즉각적으로 서사를 형성할 수 있는 구체적 사건들을 연상시키지만 이 시집에서 그것들은 하나의 심적 상태를 지시하는 방편으로 구사되고 있다. 인용된 부분에 나타나듯이, 이들 시어와 관련된 사건들은 직접 지시되는 대신 시적 주체의 상상력 속에서 변용되면서 심리적 지평의 일단 속으로 잠복한다. 파견직 근무와 예고 없는 해고, 노동의 유연성과 수시로 업데이트되어야 할 이력서 등이 재현이 아니라 심리적 지평의 차원에서 출몰하는 것은 그와 관련된 오래되고 강한 경험이 이 지평을 수시로 변경하면서 마음의 움직임을 造打할 만큼 결정적이었기 때문이다. 청년에게는 아직 현실화되지 않은 불명료한 삶의 한계 조건이 이들 시어에서처럼 뚜렷하게 마음의 구조물의 일단으로 자리 잡기까지 어떤 일이 이 세대에게 있었는지가 궁금해지지 않을 수 없는데 소설과 달리 시는 구조물들 자체의 논리로 이를 전경화한다. 예컨대 다음과 시는 그 구조물의 첫 번째 얼개를 시각적으로 선명하게 보여준다.

동결된 월급과 기한 연장의 은행들로

거리는 서점보다 한산했다, 비전타워 공사로

도로 폭은 자꾸 좁아지고

노변에는 주가 변동선처럼 굽은 등의 노파가

식은 붕어빵을 팔았다, 저 붕어들은

한 줌 예치금의 팥을 끌어안고 죽어갔을지 모른다

발톱 잃은 새들이 팥알을 얻으려 모여들었다

폭설에 시야가 묻히는 중이었다

나는 자라야 할 손금의 방향을 묻지 않았다

희미해진 손금처럼 부리 닳은 새들

쿡쿡 내 발등을 찍는 것이 느껴질 뿐이었다

──「폭설」에서

관찰자의 입장에서 '한겨울, 마음의 거리'라는 직설적 제목으로 풀고 싶게 만드는 이 시는 '폭설'이라는 제목을 달고 있다. 그런데 이 시에서 묘사된 눈 내리는 거리가 비단 현실의 어느 어느 거리일 뿐만 아니라 마음의 구조의 일환이라는 것은 비교적 분명해 보인다. 거리가 서점보다 한산한 것이 월급이 동결되고 은행의 상환 기한 연장이 걸려 있는 마음의 상태와 관계 깊다는 것은 설명이 아니라 비유적 진술에 의해 암시되어 있다. 그런데 이 시는 생활을 심리로 변환하는 두 개의 수일한 이미지를 지니고 있다. 말을 바꾸자면 바로 그 이미지로 인해 이 시는 고단한 현실의 재현이 아니라 그것의 심리적 구조물 자체가 된다.

첫째, 월급 동결과 상환 기한 연장 문제로 경제적으로 구조화된 마음의 눈에 비친 붕어빵이 "한 줌 예치금의 팥"으로 속을 채우고 있다는 것은 참으로 리얼한 관찰이요 적실한 이미지가 아닐 수 없다. 이 이미지는 대번 기형도의 "칼국수처럼 풀어지는 어둠"(「폭풍의 언덕」)이나 "튀밥 같은 별"(「위험한 가계」)을 떠올리게 한다. 시적 이미지가 지닌 이러한 힘은 원관념인 가난을 지시하고 독자로 하여금 그것을 생각해보게 하는 것이 아니라 가난을 즉물적으로 체험해보게 하는 데서 나온다. 시가 이미지를 통해 할 수 있는 일이란 바로 그런 것이되 그런 방식으로 이미지를 활용할 수 있는 시인은 드물다.

두 번째로 눈에 띄는 이미지는 "희미해진 손금처럼 부리 닳은 새들"이다. 가난과 부채로 가득한 마음에 자꾸만 좁아드는 거리가 있다. 그리고 그것의 관찰자이기는커녕 온전히 그 풍경의 일환인 '나'의 발등에는 눈발이 떨어진다. 그런데 여기서 또 한 번 예사롭지 않은 변환이 일어난다. 폭설에 시야가 가려 걷는 이의 전도를 헤아리는 것이 무망한 상황에서, "자라야 할 손금의 방향을 묻지 않"는 '나'의 발등 위로 떨어지는 눈은 부리 닳은 고단한 새가 먹이를 구해 팥을 쪼듯 발등을 "쿡쿡" 찍는 것으로 비유되고 있다. 동어반복이지만 연명은 필사적인 것이다. 이 풍경을 어찌하랴. 과장을 피하고 묘사로 일관된 이 난망한 풍경을, 고단한 청춘의 마음의 거리를 어쩌랴.

3

현실이 심리적으로 구조화되는 과정을 단순하게 생각해서는 안 된다. 왜냐하면 대개의 경우 앞서 살펴본 것처럼 공고하게 구성된 현실 추수의 비관적 구조물들은 실은 대개 불연소된 희망의 결과이기 십상이기 때문이다. 그리고 이는 저 구조물들이 은폐하고 있는 또 한 겹의 내적 구조가 시의 어딘가에 자리하고 있음을 의미한다. 단적인 예로 다음과 같은 구절들은 불연소된 찌끼들이 절망과 순응의 내적 구조물들의 한 켠을 여전히 배회하고 있음을 보여주기 때문이다.

(1)
이봐, 당신 아직도 小蓮과 한가하게 고궁을 산책 중인가? 정신 차려. 에스토니아 라트비아 혹 당신이 묻힐 이역은 벨라루스의 황야가 될 수도 있다.

　　　　　　　　　　　　　——「우루사를 먹는 밤」에서

(2)
하느님, 당신조차 이제는 시력이 나빠지셨습니까

골고루 비를 나누소서

　　　　　　　　　　　　——「국지성」에서

　"市民에서 民衆에서/ 이제 나는 庶民이 되어 외친다"(「위생의 제국」)는 말로 단적으로 요약될 어떤 사회적 신분 변동의 '이력서'를 이 시집은 품고 있다. "정신 차려" 하고 실은 스스로 다잡아보려는 호령에는, 한가하게 '소련(小蓮)'을 찾아 미음완보(微吟緩步)하기에는 부채와 리스크가 너무 크다는 현실의 논리가 담겨 있다. 태양의 바퀴를 매일 굴려(「베이루트 독서」) 본들 삶이 나아지리라는 보장도 없는 판에 미음완보로 해결되는 물적·심적 부채는 없다. 또한 이제야 새삼 무언가에 모든 것을 걸기에는 리스크가 너무 크다. 한 번 실책으로 추락은 끝이 없어질 것(「로프공」)이기 때문이다. 현재를 미래에 내어주는 것이 시민으로부터 민중 쪽으로의 삶의 벡터였다면 미래를 징발하여 현재의 필요를 가불하는 것이 민중으로부터 서민 쪽으로 향하는 삶의 벡터이다. 그것이 모든 희망을 담지한 주체인 갑으로부터 국지성 혜택의 한계 조건에 연연할 수밖에 없는 을로 바뀐 삶의 내력이다. 마음의 진자 운동이 발생하는 지점도 여기이다.

4

앞서 이 시집의 첫인상을 이루는 것은 즉자적 시민에서 대자적 민중으로, 다시 대자적 민중에서 즉물적 서민으로 전락한 을의 심리적 구조물임을 살펴보았다. 그런데 비슷한 방식의 구조물 중 하나일 다음과 같은 대목에서 미묘한 균열의 움직임이 감지된다.

> 우리는 주말의 개수를 하나둘 지워야 했다
> 일력의 마지막 장을 넘기기까지
> 노래할 날이 며칠이나 남았냐고 누이는 묻고 있었다
> 자전거 바퀴가 헛돌던 무렵
> 그건 우리의 발목뼈가 양서류의 꽈리처럼 일 밀리씩
> 혁명으로 부풀던 우기에서야 가능했던 것
>
> 동화에서 봤을법한 그건
> 마지막 장대비가 올 거라던 우리의 신호
>
> ──「건기」에서

일력의 마지막 장을 넘길 때까지 주말의 수효를 지워나가는 삶이 있다. 그리고 그것은 "혁명으로 부풀던 우기"에나 가능했던 노래를 상실한 건기의 삶에 비유되고 있다. 그러나 대자적 상태로부터 즉물적 상태로 전락함으로써 그런 일상을 앞당긴 것은 역사의 간계가 아니다. 그것은 자발적 동의에 기초하지 않고는 이처럼 집요하게 뿌리내릴 수 없다. 장대비를 예정하던 '마지막 신호'는 놓친 것이 아니라 놓은 것이다. 그러나 묻고 회고하는 한, 건기의 근저는 바로 그 물음들의 습지에 가 닿는다. 망매해갈(望梅解渴)이라 했던가? 그것은 없는 미래를 빌려 현재의 결핍을 채우는 책략이다. "마지막 장대비가 올 거라던" 신호는 예정된 조화가 도래한다는 징표가 아니라 당대의 갈망을 해갈하려는, 부재 현실의 책략임이 백일하에 드러났다. 그러나 건기에서는, 건기의 한가운데에서는 없는 매실이 다시 그리운 법이다.

이 시에는 "혁명으로 부풀던" 우기에 대한 포한이 담겨 있다. "노래할 날이 며칠이나 남았"느냐는 물음은 이미 동화에서나 있을법한 세계에 대한 비현실적인 기대를 담고 있었던 것으로 술회되고 있지만 실상 그런 질문은 회고됨으로써 다시 차오르는 열망을 품고 있기 마련이다. 이제는 돌이킬 수 없는 기대를 품던 시절을 질문의 형식으로 회고하는 것은 희망하던 세계의 문이 완전히 폐쇄되었음을 비관하는 정신과는 거리가 있다.

주지하듯, 불가능한 것을 희망하며 실패와 좌절을 거듭해서 되풀이하는 것이 바로 낭만적 아이러니이다. 박강의 첫 시집에도 낭만적 아이러니가 있다. 반복해 말했듯이, 이 시집에 실린 많은 작품들은 '민중으로부터 서민으로' 전락

하여 을의 처지에 놓인 자의 심리적 축조물이라고 말할 수 있다. 그런데 이는 두 단계의 아이러니를 품는다. 첫 번째는 현실의 견고한 구조를 비유의 차원에서 전용함으로써 그 견고함에 어깃장을 놓아보려는 심리로부터 발원하는 아이러니이다. 이는 겉말과 속뜻의 묘한 대립 관계를 통해 새로운 의미를 탄생시키거나 의미를 풍부하게 만드는 기법 차원의 아이러니이다. 이 글의 서두에서 살펴본 비유들은 그 자체로 갑을의 경제학에서 을의 처지에 놓이게 된 이의 상태가 내면화되어 수사의 차원에서 빈번하고 자유롭게 구사될 정도로 고착된 것임을 보여주지만 동시에 그 관계를 재차 수사적으로 희화하면서 비트는 방식으로 균열이 싹틀 수 있다는 것을 문장 단위의 아이러니를 통해 보여준다.

두 번째로 「건기」에서와 같이 현재의 부정적 상태와 좋았던 옛날, 혹은 좋도록 예정된 먼 훗날을 대비시키면서 소망과 좌절 사이의 간극을 오히려 넓혀가는 낭만적 아이러니를 이 시집의 여러 곳에서 발견할 수 있다. 소망과 비관 사이의 심리적 진자 운동이 오히려 메마른 현실의 확장이 될 수 있다는 점에서 이런 방식의 아이러니는 수사라기보다는 운동에 가깝다. 예컨대 현실의 건기를 지시하는 여러 시와 젊은 날의 음악적 치기와 열정을 다룬 시들이 어조와 소재 차원에서 대조를 보이지만 실은 그다지 이질적이지 않은 까닭은 이 대립이 낭만적 아이러니의 필수요소로서 현실의 결핍과 현실과는 다른 시간에서의 충만이라는 두

항을 효과적으로 구조화하기 때문이다. 제약회사 외판원의 일상을 통해 갑을 경제학에서 을에 속한 이의 목소리를 담고 있는 「박 대리는 어디에」 같은 시가 있는가 하면 노래에 대한 꿈으로 가득한 날들의 에피소드와 오디션이라는 상황을 비유적으로 잘 활용한 시들이 함께 있는 것이 박강의 첫 시집이다. 박강의 시가 '젊은 날의 꿈이 나를 밀고 간다'는 낙관론이나 역사 시대의 종말 이후 건기가 영속되리라는 비관론에 쉽게 기울지 않고, 때로는 희화적 태도로 자신의 삶을 대상화하고 때로는 건기의 삶을 건조하게 묘사하기를 반복하는 것은 그의 시가 낭만적 아이러니라는 심리적 진자 운동을 거듭하고 있기 때문이다. 예컨대 앞서 인용한 「건기」와 마주 보고 있는 다음과 같은 시를 보라.

> 신풍 헥사 나이트 즐비한 주안역에서
> 주윤발이니 백장미니 명함 돌리는 자들은 짝퉁이다 그들의
> (중략)
> 기회는 오지 않았다 대학 때 따라나선 가투에선
> 무서워 돌 한번 던지지 못했다 비디오 가게로 도망쳐
> 영웅본색 쓰리를 빌려 나왔다 위장이었다 신 나게 나 혼자
> 잡혀가지 않았다 집에서 비비탄을 닦으며 히죽히죽
> 영화를 즐겼다 변함없이 그는 쌍권총으로 적들을 무찔렀고
> 몇 년 뒤 홀연 아메리카로 떠났다 배신이었다 사기였다
> 킬러 정신의 변절이라며 나는 그를 매도했다 그의 라이플은

얼음처럼 식어갔고 탄창엔 켜켜이 먼지가 장전되었다
비겁하게 사라진 영웅은 잊으리라 그랬던 그가
소문에 따르면 며칠 전 인천 공항에 입국한 모양이다
사진을 꺼내 보이며 누굴 찾아다닌 모양이다
어제는 인근 야시장에서 이태리제 나이프가 팔려나갔다
바바리 걸친 사내라면 그뿐이다 방금 맞은편 아파트
옥상 물탱크에서 옷깃이 펄럭였다 한 줄기 반사광이 번뜩
인다

(날 겨누는 신호일까? 곧 저격탄 한 발이 날아오려나?)

—「누아르에 대한 짧막한 질문」에서

위선이 거짓이듯, 위악도 거짓이다. 그리고 위선이 성격
이 아니라 태도이듯 위악도 성품이 아니라 태도이다. 이 시
에는 주윤발이라는 과거의 영웅과, 가투에서 돌 한번 던지
지 못한 '나'가 극적으로 대비되고 있다. 그러나 우리가 간
파하듯 후자의 나를 '비겁한 나'로 부르기보다 과거의 삶
을 극적으로 희화화해 창출한 '위악의 나'로 부를 수 있다
면 이는 비단 가투에 나서지 못하고 누아르 비디오나 빌려
보면서 물리력 행사의 대리만족을 구하는 소인배에만 국
한되는 것이 아니라 시민의 방에서 민중의 마당으로 불려
나왔다가 다시 서민의 면접장을 전전하는 현실의 외판원
인 그 어떤 을에게도 해당되는 것이리라. 만약, 이 시의 풍

크툼(punctum)이 되는 마지막 부분이 없었다면 이 시는 위악을 통해 자신의 얘기를 남 얘기하듯 하는 소위 '유체이탈 화법'의 전형이 될 수도 있었을 것이다. '그렇고 그런 속악한 한 인간이 있었으니……'가 시의 전말이기 때문이다. 그런데 마지막 부분에서 반전이 이루어진다. 이 대목을 통해 시는 '그 시절은 그렇고 그렇게 지나간 것'이라는 을의 자위를 '이렇게 살아도 될 것인가' 하는 질문으로 바꿔놓는다. 그러니 앞서 인용한 「건기」와 「누아르에 대한 짤막한 질문」은 여러 층위에서 을의 현재를 구성하는 이항대립을 품고 있다고 하겠다. 진지한 고백투와 장난기 어린 어조가 겉으로 눈에 띄는 대립을 이루고 있거니와 미래로부터의 신호와 과거의 역습이라는 설정 또한 그러하다. 결정적으로 미래는 폐색되었다는 전언과 과거는 흘러갔다는 전언을 자체적으로 위반하는 서사를 각기 시의 내부에 품고 있다는 점에서 두 작품의 이항대립적 성격은 더욱 자명해지며 효과적이 된다.

물론 두 시가 여러 층위에서 이항대립을 이루고 있다는 사실 자체가 중요한 것이 아니다. 박강의 첫 시집이 시민에서 민중으로 고양되었다가 다시 서민으로 심리적 강등을 겪은 이의 내적 구조물이라는 것과 동시에 그의 시집이 그 비관의 구조물들을 스스로 허물고 있는 '노래'를 품고 있다는 것이 중요하다. 비관의 건조한 결기도 과거로부터 연면히 흐르는 노래의 습기도 그 자체로는 이 시집의 주조를 형성하지 못한다. 다만 단단히 굳은 심리적 구조와 부단히 과거로부터 유입되는 노래가 진자 운동을 하는 현장을 우리가 보고 있다는 것이 중요하다. 지각의 차원이나 재현의 차원이 아니라 운동의 차원에서 구조와 흐름을 넘나드는 시의 현장을 우리가 보고 있다는 것이 중요하다. 천칭자리인가가 궁금해지는 시인 박강의 이 진자 운동은 지각을 재현으로 풀거나 재현에서 지각을 추출하려는 시도들을 아랑곳하지 않고 다음과 같이 태연하다. 짧은 이 두 줄 어디에선가 2000년대 시의 한 이력서가 완성되어가고 있다.

불협화음으로 떠난 자들의
노래여, 이제는 안녕.

—「낭만이여 안녕」에서

박강

1973년 인천에서 태어났다.
고려대 국문과 대학원에서 박사 학위를 마쳤다.
2007년 《문학사상》 신인상을 받으며 등단했다.

박카스 만세

1판 1쇄 찍음 · 2013년 6월 14일
1판 1쇄 펴냄 · 2013년 6월 21일

지은이 · 박강
발행인 · 박근섭, 박상준
편집인 · 장은수
펴낸곳 · ㈜민음사

출판 등록 1966. 5. 19. 제16-490호
서울시 강남구 신사동 506번지 강남출판문화센터 5층 (우)135-887
대표전화 515-2000 / 팩시밀리 515-2007
www.minumsa.com

* 이 책은 2010년도 한국문화예술위원회의
arko 영아트프론티어 지원 기금을 받았습니다.